Spiel mit dem Tod auf Langeoog

Langeoog

Ostfrieslandkrimi von Moa Graven

Ein ganz besonderer Dank der Autorin geht an Mayk Opiolla und Klaus Kremer vom Inselmagazin Langeoognews für das Vorwort zum Thema Wattenmeer.

Moa Graven ist Ostfriesin und schreibt seit 2013 Krimis. Erst mit fünfzig hat sie die Leidenschaft für das subtile Verbrechen auch für sich entdeckt, als sie einen Fortsetzungskrimi für ein Monatsmagazin schrieb. Seit 2017 lebt die Autorin vom Schreiben und eröffnete ein Krimihaus in Rhauderfehn, wo man sie auch besuchen kann. Mit über 70 Krimis, die sie über 600.000 Mal im Eigenverlag verkaufte, gehört sie zu den erfolgreichsten Krimiautorinnen in Deutschland.

Impressum

Spiel mit dem Tod auf Langeoog – Ostfriesischer Inselkrimi Band 4

Ostfrieslandkrimi von Moa Graven

Erschienen im Criminal-kick-Verlag Ostfriesland

Juni 2021

ISBN 978-3-946868-80-4 (Taschenbuchausgabe)

Umschlaggestaltung: Moa Graven

Die Insel Langeoog

Vorwort von Mayk Opiolla und Klaus Kremer vom Inselmagazin Langeoognews

Endlose Weite, glitzernde Wattflächen, farbenprächtige Salzwiesen, eine beeindruckende Artenvielfalt – es gibt wohl niemanden, den die Schönheit des Weltnaturerbes Wattenmeer nicht auf irgendeine Weise berührt. Nicht umsonst ist die rau-romantische Landschaft der Küsten und Inseln seit Jahrhunderten Inspirationsquelle für Kunstschaffende aus Literatur, Malerei und Musik. Aber auch Naturwissenschaftlerinnen und Naturwissenschaftler nahezu aller Fachrichtungen finden im UNESCO-Weltnaturerbe einen schier unerschöpflichen Quell spannender Erkenntnisse, denn das Watt ist noch voller Geheimnisse.

Eine geheimnisvolle, einsame Umgebung; Menschen, denen ein eher wortkarges Naturell zugeschrieben wird; Schlick, in dem man versinken kann und wo man möglicherweise nie gefunden wird; dichter Seenebel, der die Gefahr des Verirrens mit sich bringt: All das ist natürlich auch perfekter Stoff für moderne Krimiautorinnen wie Moa Graven. Der enorme Erfolg von

Regionalkrimis, die an der Küste und auf Inseln spielen, beweist das.
Mit ihren Romanen um Ermittlerin Eva Sturm verknüpft Moa Graven dabei gleich zwei äußerst erfolgreiche Genres zeitgenössischer Spannungsliteratur: Den Skandinavienkrimi (Eva Sturm ermittelt teils auch in Schweden) und den Ostfrieslandkrimi.
Den jüngsten Fall löst Kommissarin Eva Sturm nach ihrer Rückkehr aus Schweden wieder auf Langeoog, einer der sieben Ostfriesischen Inseln. Langeoog liegt mitten im Nationalpark Niedersächsisches Wattenmeer. Dieses einzigartige Naturwunder trägt die etwas sperrige vollständige Bezeichnung „UNESCO Weltnaturerbe Biosphärenreservat Niedersächsisches Wattenmeer". Seit 1986 ist das Wattenmeer vor der niedersächsischen Küste als Nationalpark geschützt, 1993 wurde es zum Biosphärenreserat erhoben; dieser Status wurde 2017 nochmals bestätigt. 2009 schließlich folgte die Auszeichnung als UNESCO-Weltnaturerbe. Um diese Auszeichnung zu erhalten, muss von vier strengen Kriterien mindestens ein Kriterium erfüllt sein. Der Wattenmeerraum erfüllte drei der vier Kriterien und seine Anerkennung als Weltnaturerbe war daher kaum umstritten.
Das Wattenmeer bildet ein einzigartiges Ökosystem in der Dynamik von Ebbe und Flut; mit einer enormen

Biodiversität, die es mit hohem Einsatz zu schützen gilt. Wer auf Langeoog weilt, sollte daher unbedingt eine Wattführung mitmachen, denn nur so lernt man, welche enormen Leistungen selbst so unscheinbare Tiere wie der Wattwurm oder die Herzmuschel für das Ökosystem Watt erbringen und wie fragil dieser Naturschatz ist. So bezaubernd das Weltnaturerbe optisch auch anmuten mag — es ist viel mehr als eine stimmungsvolle Kulisse. Und der Mensch ist zuweilen leider auch dann für das Watt mörderisch, wenn er keine Leichen darin versteckt.
Umso wertvoller ist es dann, wenn mit zeitgenössischer Spannungsliteratur eine so große Begeisterung für den Wattenmeerraum geweckt werden kann, dass ihn die Leserinnen und Leser später nicht nur bereisen wollen, sondern sich auch für seinen Schutz engagieren.

Mehr zur Ostfriesischen Insel Langeoog erfahren Sie immer aktuell unter w w w.langeoognews.de

Dieses Buch widme ich
allen mutigen
jungen Menschen dieser Welt.

Moa Graven

Zum Inhalt

„Spiel mit dem Tod auf Langeoog“ ist der vierte Band aus der Reihe Ostfriesische Inselkrimis von Moa Graven.

Enno Kleen, Polizist in Wittmund, übernimmt eher widerwillig die Vertretung von Eva Sturm auf Langeoog, während diese sich immer noch in Schweden aufhält. Als der Sommer kommt, hat Enno sich mit seinem Schicksal arrangiert und er genießt die Sonne und den Strand. Außerdem freundet er sich mit Jürgen von der Touristinfo an. Alles scheint wie ein perfekter Urlaub zu werden, als dann plötzlich ein junger Mann erschlagen aufgefunden wird. Stefan Kromminga arbeitete als Bauhelfer bei dem Prestigeprojekt der Insel, einem riesigen Hotel mit allem Luxus. Enno nimmt die Ermittlungen auf. Und dann bekommt er Unterstützung. Eva Sturm kehrt nach Langeoog zurück.

Sommer, Sonne, Strand und Meer

Er hatte sich wirklich mit Händen und Füßen gewehrt, als es vor einem halben Jahr hieß, dass er für die Zeit, wo Eva Sturm in Schweden war, den Dienst auf Langeoog übernehmen sollte. Freiwillig hatte sich keiner aus Wittmund gemeldet, also hatte das Los entschieden.

Doch nun saß Enno Kleen zufrieden und braungebrannt am Strand. Er hatte ja nicht geahnt, welche Vorzüge es haben könnte, auf einer Urlaubsinsel zu arbeiten und zu leben. Die übergeordnete Dienststelle Osnabrück hatte ihm eine Ferienwohnung gemietet und jeden Tag gab es zwanzig Euro fürs Essen. Es rechnete sich also sogar für Enno, weil er sein Gehalt weiterhin erhielt und das meiste auf die hohe Kante legte.

Mittlerweile kannte er jeden hier, der in einem Hotel, einem Restaurant oder Geschäft arbeitete. Enno war eben redselig und nahm schnell Kontakt zu anderen Menschen auf. Hinter vorgehaltener Hand hatten ihm einige versichert, dass er so ganz anders sei als diese introvertierte oft mürrische Ermittlerin, deren Namen einige nicht mal kannten.

Enno war nicht auf dieses Geschwätz eingegangen, weil auch das etwas war, wo er seine Prinzipien hatte. Er redete nicht über andere Leute. Und Eva Sturm hatte er erst ein paarmal am Telefon gesprochen und konnte noch nichts

Schlechtes über sie denken oder sagen. Auf jeden Fall löste sie jeden Fall. Also war sie wohl sehr gut in ihrem Job. Bisher war alles ruhig geblieben, so dass er sich keiner Herausforderung in dieser Hinsicht ausgesetzt sah.

Es war ein besonders schöner Sommertag und der Strand war voller Menschen. Kinder spielten und tobten im Sand, Hunde rannten ins Wasser und kamen schwanzwedelnd zurück und schüttelten sich vor Freude. Und dann die vielen Frauen in knappen Bikinis. Es war nicht so, dass Enno deswegen hier war. Aber wegsehen konnte er auch nicht, wenn eine unter ihnen besonders nach seinem Geschmack gebaut war. Gucken war ja noch erlaubt. Und seitdem er zum zweiten Mal geschieden worden war, hielt er sich eher nur in sicherer Entfernung zum weiblichen Geschlecht auf.

Er hatte gut und üppig zu Mittag gegessen bei seinem Lieblingsitaliener und deshalb fielen ihm immer öfter die Augen zu. Ach, dachte Enno, ein kleines Nickerchen hier bei den Dünen kann eigentlich auch nicht schaden. Also rollte er sein Sweatshirt zusammen und legte es sich unter den Kopf. Es dauerte dann auch gar nicht lange, und der Sommerwind trug seine Schlafgeräusche davon.

Auf der Baustelle

„Wo ist Stefan denn schon wieder?“ Bauleiter Wilfried Block hatte wirklich kein Verständnis mehr dafür, dass der neue Bauhelfer immer wieder eine Extraeinladung brauchte.

„Der kommt sicher gleich“, meinte Marco. Er hatte sich in den letzten Wochen mit Stefan angefreundet und deshalb verteidigte er ihn jetzt, auch wenn er selber fand, dass Stefan den Bogen manchmal schon etwas überspannte. Man konnte einmal zu spät kommen, aber gleich dreimal die Woche? Da musste man sich doch nicht wundern, wenn es dann Ärger gab.

Im nächsten Moment kam Stefan Kromminga hinter der Hausmauer hervor.

„Na sowas“, brummte Block, „welche Ausrede gibt es heute?“

„Ich hab verschlafen“, sagte Stefan, „sorry, kommt nicht wieder vor.“

„Wer’s glaubt ...“. Block machte eine wegwischende Handbewegung und lupfte anschließend seinen Bauhelm und richtete seine Haare. „Dann seht man zu, dass ihr weiterkommt. Im Herbst sollen hier die ersten Gäste einziehen.“ Er verschwand in einer anderen Etage, um dort nach dem rechten zu sehen.

„Witzig ist das wirklich nicht mehr, dass du immer zu spät kommst“, meinte Marco. „Und so langsam gehen mir auch die Ausreden aus.“

„Sorry. Ich werde mich bessern.“

„Na dann. Lass uns mal anfangen, bald ist schon wieder Mittagspause.“

Block war auch so sauer, wenn die Sache nicht rundlief, weil sich für das Wochenende der Bürgermeister für eine erste Baubegehung mitsamt Presse angekündigt hatte. Wie stand er denn da, wenn auf den Bildern nur ein paar hochgezogene Mauern und Betonkübel zu sehen waren. Ihm blieben noch fünf Tage, um der Baustelle noch zu dem nötigen Charisma zu verhelfen. Deshalb griff er nun zum Telefon und rief bei seinem Chef an, um noch weitere Maurer und Bauhelfer anzufordern.

„Muss das denn wirklich sein“, murmelte Richard Janssen, „wir kommen auch so schon kaum mit den veranschlagten Kosten zurande. Die Lohnkosten sind immer das Teuerste am ganzen Bau, dass muss ich Ihnen ja wohl nicht sagen.“

„Sicher“, erwiderte Wilfried Block, „aber sicher wollen Sie auch, dass das Bauunternehmen Janssen nicht in der Bildunterschrift einer unfertigen Ruine in der Zeitung auftaucht.“

„Was sagen Sie da? Presse?“

„Ja, schon am Wochenende. Der Langeooger Bürgermeister hat darauf bestanden. Schließlich ist das ein Prestigeobjekt für seine Insel."

„Ach herrje", stöhnte Janssen auf. „Dann soll er auch dafür bezahlen."

„Tja. Ich wollte nur Bescheid gesagt haben."

„Schon gut. Ich sehe, was ich machen kann. Vielleicht kann ich ein paar Leute vom Festland entbehren. In Wittmund steht die Presse ja nicht wegen jedes Rohbaus Schlange."

„Danke. Das hilft uns sicher."

„Sie machen das schon. Rechnen Sie morgen im Laufe des Tages mit zwei neuen Leuten."

Sie beendeten das Gespräch und legten auf.

Freitag

Enno wollte gerade die Füße auf den Schreibtisch legen, als die Tür zur Dienststelle aufging. Also schob er sie wieder unter den Tisch und setzte sich aufrecht hin.

„Moin“, sagte ein Mann, den er erst auf den zweiten Blick erkannte.

„Ach Jürgen“, grüßte Enno, „ich hätte dich fast nicht erkannt.“

„Wegen der Basecap? Verstehe.“ Jürgen tippte sich mit dem Zeigefinger gegen die Stirn. „Die sollen wir neuerdings in der Touristinfo tragen, damit wir gleich als Mitarbeiter identifiziert werden können.“

Enno lachte auf. „So ein Unfug. Hoffentlich kommt nicht irgendwann noch ein Schutzschild hinzu.“

„Ne, ich glaube nicht.“ Jürgen legte sein Käppi auf den Tisch und setzte sich auf den Stuhl vor dem Schreibtisch. „Und? Wie läuft es so ohne Eva?“

„Ach, eigentlich ganz gut“, erwiderte Enno und gähnte. „Bisher erlebe ich den reinsten Urlaub hier vom Alltagsstress. Aber das will ich man lieber nicht zu laut sagen, sonst wollen alle hier nach Langeoog.“ Er kicherte.

„Ja, wenn es so läuft, dann ist das sicher ein toller Job“, stimmte Jürgen zu. Ihm gingen Bilder durch den Kopf, als Eva hier auf der Insel angefangen hatte. Sie waren sogar mal für kurze Zeit ein Paar gewesen. Doch es hatte nicht funktioniert. Eva war einfach zu eigensinnig. Und er vermutlich auch. Trotzdem war er ihr noch immer freundschaftlich verbunden, auch wenn sie mittlerweile mit Robert zusammen war. Das hielt schon eine ganze Weile. Wahrscheinlich kam er besser mit ihren Marotten zurecht.

„Was führt dich eigentlich hierher?“, fragte Enno, „hat jemand einen Seehund bei dir mitgehen lassen?“

„Ne, das nicht. Ich wollte einfach mal vorbeischauen. Moin sagen eben.“

„Das finde ich nett. Soll ich uns einen Tee kochen?“

„Ich dachte schon, du fragst nie.“ Jürgen rollte gespielt mit den Augen.

„Dann besorg du uns doch noch ein Stück Kuchen. Am besten mit Sahne“, schlug Enno vor.

„Klar, warum nicht.“ Jürgen griff nach seinem Käppi und machte sich gleich auf den Weg.

Enno fand Jürgen wirklich nett. Während er Wasser aufsetzte, pfiff er einen alten Schlager vor sich hin. Die Insel würde ihm wirklich fehlen, dachte er, als er aus dem Fenster sah. Er konnte sehr gut verstehen, warum Eva sich hier so wohl fühlte.

Es dauerte auch gar nicht lange, da kam Jürgen mit vier Stück Sahnetorte zurück und sie machten es sich auf dem Sofa vor dem Fenster gemütlich.

„Da braucht man wohl gar kein Abendbrot mehr“, meinte Jürgen, als er sein zweites Stück Erdbeertorte verdrückt hatte und sich über den Bauch rieb.

„Bis dahin ist es ja noch ein bisschen hin“, meinte Enno, der seinen Kuchen auch bereits aufhatte. „Eigentlich wollte ich heute Abend mal Fisch essen. Hast du nicht Lust, mitzukommen?“

„Hm“, machte Jürgen, „das klingt schon verlockend. Meistens sitze ich sowieso alleine in der Wohnung herum. Also gut, ich komme mit.“

„Super. Abgemacht. Dann treffen wir uns gegen neunzehn Uhr direkt beim Restaurant, einverstanden?“

„Geht klar. So, jetzt muss ich aber auch los. Die Geduld meiner Kollegin in der Touristinfo sollte ich nicht überstrapazieren. Bis später.“

„Bis später.“

Jürgen verließ die Dienststelle und Enno räumte das Geschirr weg. Anschließend legte er dann doch noch die Füße auf den Schreibtisch und machte ein kleines Nickerchen.

Als Enno und Jürgen sich später vor dem Restaurant trafen, entschieden sie sich doch noch einmal um und gingen zum Italiener. Dort war es brechend voll, wie man so schön sagte, und sie mussten sich zunächst an den Tresen setzen, um auf einen freien Tisch zu warten. Gute zwanzig Minuten würde es schon dauern können, hatte die junge Frau zu ihnen gesagt, als sie sich setzten und jeder ein Bier und einen Schnaps bestellten.

„Auf einen netten Abend", sagte Jürgen, als sie anstießen. Ihm gefiel Ennos unkomplizierte Art. Bestimmt würden sie gute Freunde werden, wenn er immer auf der Insel bliebe.

„Prost", erwiderte Enno, leerte sein Glas und bestellte gleich nochmal eine Runde.

Es war laut und warm und sie mussten sich schon ziemlich anstrengen, um sich überhaupt unterhalten zu können. Doch plötzlich übertrumpfte dann eine ziemlich aufgeregt klingende Männerstimme alles andere und die meisten drehten sich zu ihm um. Er saß mit einem weiteren jungen Mann an einem Tisch ganz in der Nähe von Jürgen und Enno. Und es sah so aus, als ob die beiden sich streiten würden.

„Soll ich mal dazwischen gehen?", fragte Enno und klang nicht gerade begeistert.

„Die beruhigen sich schon wieder", meinte Jürgen. Doch überzeugt davon war er nicht, denn nun langte der junge Mann über den Tisch und riss an dem Hemd seines Gegenübers herum.

„Warte mal", sagte Enno und stieg vom Barhocker, richtete seine Jeans und ging zu den beiden Streithähnen rüber. Da fehlt nur noch der Colt, dachte Jürgen und schmunzelte. Ja, Enno hätte auch in einem alten Western mitspielen können. Sein Gang war behäbig und leicht O-beinig.

„Kann ich euch irgendwie helfen?“, fragte Enno und baute sich am Tisch der beiden Männer auf, indem er seine Hände in die Seiten stemmte.

„Wer hat dich denn gerufen?“, fragte einer der beiden und sah mürrisch zu Enno auf.

„Wenn ihr hier ein Problem habt, dann klärt das bitte draußen“, fuhr Enno unbeirrt fort. „Hier im Restaurant will keiner euren Streit mit anhören. Und noch bin ich ganz tiefenentspannt, wenn ihr versteht, was ich meine.“

Die jungen Männer sahen sich fragend an.

„Ich bin hier der Inselpolizist“, erklärte Enno nicht ohne Stolz in der Stimme. „Besser, ihr lasst es jetzt gut sein. In einer Zelle sind die Betten hart.“

Dass es sich um einen Gesetzeshüter handelte, ließ die beiden dann doch einlenken. „Das war nur ein kleines Missverständnis“, meinte der eine, „Sie können wieder zu ihrem Kumpel gehen.“

„Na, dann ist ja gut“, meinte Enno und schob wieder ab.

„Alles geklärt?“, fragte Jürgen, als Enno wieder zu ihm kam.

„Kann man so sagen“, erwiderte dieser.

„Dann können wir ja an unseren Tisch gehen“, meinte Jürgen, „es ist gerade einer frei geworden.“

Der Pressetermin

Wirklich, das Wetter hätte für so einen Termin nicht besser sein können. Es hatte sich auf der Insel herumgesprochen, dass heute der Bürgermeister den Fortgang des neuen Prestigeprojektes der Insel präsentieren würde. Und so hatten sich bereits schon eine halbe Stunde vorher eine Menge Schaulustiger eingefunden. Gerade für Urlauber war es ja interessant, wann das neue Hotel der Luxusklasse fertig sein würde. Und so mancher hoffte sicher auch, mit aufs Bild huschen zu können, wenn die Pressevertreter auf den Auslöser drückten.

Die Stimmung war insgesamt gut, einige hatten sich zum Warten auf den Deich gesetzt und die Gesichter der Sonne entgegenstreckt.

Nur einer hatte an diesem Tag überhaupt keine gute Laune. Und das war Wilfried Block. Als Bauleiter musste er der Presse heute Rede und Antwort stehen. Und der Bürgermeister hatte ihn in den letzten Tagen um ein paar Daten gebeten. Sowas hielt den Bau nur unnötig auf, fand Block. Aber er konnte nichts dagegen machen. Schon am Samstagmittag hatte er seine Leute unter die Dusche geschickt, damit sie auf den Fotos einen guten Eindruck machten. So ging ein halber Tag flöten.

Und noch etwas wurmte ihn ganz gewaltig. Stefan, auf den er sowieso schon einen Pik hatte, war heute nicht nur zu spät gekommen. Nein, er hatte gleich die ganze Karte gezogen und war überhaupt nicht erschienen. Block hatte vor den anderen Kollegen geflucht und gezetert, dass dieser junge Mann ihm nur unter die Augen kommen sollte. Mit hochrotem Kopf war er in die Baubude gegangen, denn ihm waren die Hände gebunden. Um den Bau rechtzeitig fertigzustellen, brauchte er wirklich jeden Mann. Und wenn er noch so unzuverlässig war. Denn Bauhelfer waren immer schlechter zu bekommen. Niemand von den jungen Leuten machte sich heutzutage noch gerne die Finger schmutzig. Wie gerne dachte er da an die Zeit von vor über dreißig Jahren zurück, als er selbst als Lehrling angefangen hatte. Da war man sich noch für nichts zu schade gewesen.

Gut gelaunt kam schließlich auch der Bürgermeister angeradelt und winkte in die Menge. Als er abgestiegen war, zog er eine gelbe Mappe aus seiner Fahrradtasche und ging bewundernd blickend auf Wilfried Block zu, der ihm auf halbem Weg entgegenkam.

„Freut mich, dass es noch alles geklappt hat", sagte der Bürgermeister und reichte ihm die Hand.

„Ist doch Ehrensache", erwiderte Block und zwang sich ein Lächeln ab. Es musste ja nicht jeder wissen, wie er über die ganze Sache hier dachte. Denn bereits jetzt waren einige Journalisten da und machten Fotos. „Soll ich Sie mal über den Bau führen?"

„Hm“, machte der Bürgermeister, „vielleicht später. Ich denke, erst einmal sollte ich meine Rede halten. Dann können wir im Anschluss die Pressevertreter mit zu einem Rundgang einladen.“

„Sicher, das geht natürlich auch.“

Tja, da standen sie nun. Block wusste nichts mehr zu sagen. Der Bürgermeister suchte den Augenkontakt zu den Journalisten. Und so kam dann tatsächlich eine junge Frau zielstrebig auf die beiden zu. Sie gehörte zu einer Zeitung aus Wittmund, wie sich herausstellte. Und während der Bürgermeister fleißig in ihren Block diktierte, schlich sich Block heimlich davon und ging rüber zu seinen Jungs, wie er sie gerne nannte, wenn er gute Laune hatte. Bald, so hoffte er, würde dieses dumme Theater vorbei sein. Doch da täuschte er sich gewaltig.

Gute fünfzehn Minuten später stand der Bürgermeister dann direkt vor dem Eingang des Neubaus und begann mit der Begrüßung der zahlreich erschienenen Gäste. Er sei sehr stolz auf die Tatkraft der Beschäftigten der Insel als auch der vielen Handwerksbetriebe, die es möglich machten, dass der Urlauber sich auf Langeoog wohl fühle. Und so weiter und so fort. Erwartungsgemäß nickten die Urlauber, den Handwerkern schwoll die Brust und die Journalisten fotografierten und machten sich Notizen.

Etwas abseits bahnte sich allerdings ein kleines Malheur an. Kristin Brand versuchte gerade, ihre kleine Tochter Janina zu vertrösten.

„Es dauert doch nicht mehr lange, mein Schatz“, sagte die junge Mutter und sah flehentlich zu ihrem Ehemann.

„Ich muss aber dringend, Mama.“ Das kleine Mädchen drückte die Knie zusammen und machte ein verkniffenes Gesicht.

„Geh doch einfach mit ihr hinters Haus“, schlug der Vater vor, „im Moment sind doch sowieso alle hier vorne. Das merkt doch keiner.“

„Meinst du wirklich ...“ Kristin sah sich unsicher um. Es war nicht ihre Art, sich draußen in der freien Natur zu erleichtern. Auch nicht, wenn es um ihre Tochter handelte. Doch im Moment ging es wohl einfach nicht anders. „Na gut“, gab sie nach und nahm die Hand von Janina und führte sie um das Haus herum, während der Bürgermeister weiter fabulierte.

Und tatsächlich war niemand hinter dem Haus, wo hohes Gras und Gebüsch wucherte. „Geh da hinter den Busch“, schlug die Mutter vor, „ich warte hier auf dich.“

Sofort rannte Janina los und hockte sich hin, so dass nur noch ihr kleiner blonder Schopf zu sehen war.

Kristin hielt weiter Ausschau, doch sie waren wirklich für sich. Und gleich wäre es ja auch schon geschafft. Sie ließ ihren Blick schweifen. Dann blieb er an etwas hängen,

dass sie zunächst verwunderte und dann den Atem stocken ließ. Konnte das wirklich sein? Sie zwinkerte mit den Augen gegen die Sonne. Doch das Bild blieb dasselbe. Janina war immer noch nicht zurück, also ging Kristin in die Richtung der Maschine, um sich zu vergewissern, dass sie sich nicht irrte. Es war tatsächlich eine Hand gewesen, die sie gesehen hatte. Und nun sah sie den ganzen Mann. Es sah nicht gut aus für ihn. Kristin schrie gellend auf.
Um die Mundwinkel des Bürgermeisters zuckte es kurz, als er jäh durch einen Schrei von gar nicht weit weg, unterbrochen wurde. Alle drehten sich jetzt in die Richtung. Block rannte hinters Haus. Andere folgten ihm.

Kurz darauf hatte sich um die Mischmaschine eine Menschentraube gebildet.

Kristin, die die Leiche entdeckt hatte, wurde von ihrem Mann zur Seite gezogen. Block griff zu seinem Handy, um die Polizei zu rufen.

Der Bürgermeister behielt einen kühlen Kopf und versuchte, die Menschen von dort wegzulotsen. Besser, es sprach sich nicht weiter herum, was hier gerade geschehen war. Doch er ahnte, dass sich nichts mehr aufhalten ließ. Blitzlichter aus allen Richtungen um ihn herum konkurrierten mit der Sonne. Morgen würde alles in den Zeitungen stehen.

Der Tote in der Mischmaschine

Enno hatte alles stehen und liegen gelassen und war mit seinem Fahrrad Richtung Fähranleger gefahren. Schon von weitem sah er die Menschenmenge und viele Handys, die in die Höhe gehalten wurden. Was für ein Desaster. Nun war es wohl mit der Ruhe für ihn vorbei. Von unterwegs hatte er in Wittmund angerufen und die Kollegen gebeten, das Ermittlungsteam und den Gerichtsmediziner zu schicken.

„Verdammter Mist“, stieß er jetzt aus und wischte sich den Schweiß von der Stirn. „Wer hat ihn gefunden?“

„Das war die junge Frau dort drüben“, antwortete Block und wies in die Menge. „Sie war mit ihrer Tochter hinters Haus gegangen, während der Bürgermeister seine Rede hielt.“

„Warum das?“

„Ihre Tochter musste mal ...“.

„Verstehe.“ Enno kratzte sich am Kinn und sah in den Himmel. Doch von da oben war keinerlei Unterstützung zu erwarten. „Weiß man schon, wer der Tote ist?“

„Allerdings“, sagte Block, „es ist Stefan Kromminga. Einer meiner Bauhelfer hier bei diesem Projekt.“

Enno pfiff durch seine Zähne. „Das ist ja interessant. Wissen Sie Näheres?“

„Was sollte ich Näheres wissen“, wehrte Block ab. „Er war noch nicht so lange dabei.“

„Und trotzdem hat ihn jemand ermordet. Das ist doch merkwürdig, finden Sie nicht?“

„Absolut“, stimmte Block zu. „Mir ist das unbegreiflich. Aber das erklärt vielleicht, warum er heute nicht zur Arbeit erschienen ist.“

„Wie bitte darf ich das verstehen?“

„So, wie ich es sage. Hören Sie, es soll nicht negativ klingen, aber mit Stefan gab es immer wieder Probleme, was die Arbeitsdisziplin betraf.“

„Und heute kam er also gar nicht auf den Bau ...“.

„Richtig.“

„Aber trotzdem liegt er jetzt tot in der Mischmaschine. Sonderbar.“ Enno sprach mehr zu sich selbst und erwartete gar keinen weiteren Kommentar von Block.

„Können Sie nicht dafür sorgen, dass die Leute hier endlich verschwinden“, bat dieser dann.

„Sicher“, meinte Enno und fühlte sich schon im nächsten Moment überfordert. Immer noch wurden Bilder geschossen und wild gestikulierend in der Menge diskutiert. „Hören Sie mal“, rief er dann in die Menge, „es gibt hier nichts mehr zu sehen. Ich möchte Sie bitten, jetzt alle wieder in Richtung Ortskern zu gehen. Wir müssen hier jetzt unsere Arbeit machen. Außerdem ist es respektlos, einen Toten mit dem Handy zu fotografieren. Ich hoffe, Sie alle wissen das."

Die Ersten drehten sich verschämt weg und setzten sich in Bewegung. Da entdeckte Enno Jürgen in der Menge und winkte ihm zu. Dieser erwiderte den Gruß und setzte sich dies als Einladung verstehend in seine Richtung in Bewegung.

„Wieso wurde er erst jetzt gefunden?", sagte Enno an Block gewandt.

Dieser zog die Schultern hoch. „Keine Ahnung. Woher soll ich das wissen?"

„Aber Sie haben doch noch heute Vormittag hier auf dem Bau gearbeitet, richtig?"

„Das stimmt."

„Und auch an der Mischmaschine, nehme ich an."

„Nein, das nicht. Heute waren eher die Verschönerungsarbeiten dran, weil doch am Nachmittag der Pressetermin angesetzt war."

„Verstehe. Dann könnte es also durchaus sein, dass der Tote bereits gestern oder heute Nacht in die Mischmaschine gelegt worden ist", stellte Enno fest. „Wenn sich doch heute niemand um die Mischmaschine gekümmert hat."

Block dachte einen Moment nach. Konnte das gegen ihn verwendet werden, wenn er jetzt was Falsches sagte? „Ich kann da nur für mich sprechen", sagte er schließlich. Und ich habe mich heute nicht um die Mischmaschine gekümmert. Da müssen Sie die anderen Kollegen schon selber fragen, ob die was anderes gesehen haben."

„Werde ich machen ...".

„Moin Enno, schlimme Sache, was hier passiert ist."

Jürgen stand jetzt neben ihm und legte ihm zum Gruß die Hand kurz auf die Schulter.

„Hat sich wohl schon rumgesprochen", erwiderte Enno.

„Klar, das geht hier auf der Insel schnell." Jürgen steckte seine Hände in die Taschen seiner Jeans. „Ihr wartet jetzt sicher noch auf den Gerichtsmediziner."

„Du kennst dich wohl aus ...". Irgendwie war es Enno unangenehm, dass Jürgen sich hier jetzt so in den Vordergrund spielte. Auch von Block wurde das mit hochgezogenen Brauen registriert. Er wusste nur, dass dieser Mann irgendwas mit der Touristinfo zu tun hatte, aber ganz sicher nicht bei der Polizei arbeitete.

„Soll ich meinen Kollegen sagen, dass Sie zu Ihnen auf die Dienststelle kommen sollen?", fragte Block, weil keiner mehr etwas sagte.

„Ja, machen Sie das", entgegnete Enno. „Ich denke, dass ich hier so in gut zwei Stunden wegkomme. Ach was", er sah auf die Uhr, „eigentlich ist das heute auch schon zu spät. Sagen Sie den Männern einfach, dass sie morgen früh ab neun Uhr ihre Aussagen machen können."

„Okay. Brauchen Sie mich dann auch nochmal als Zeugen?“, fragte Block.

„Ja, das wäre gut. Kann ja sein, dass Ihnen noch etwas einfällt, was wichtig sein könnte.“

„Hm. Na gut, dann kümmere ich mich jetzt mal um meine Männer.“

„Ach“, hielt Enno ihn dann doch noch einmal auf. „Gibt es jemanden, der besonders gut mit dem Opfer befreundet war?“

Block dachte kurz nach. „Ja, da gibt es jemanden. Marco Flint. Die beiden waren wohl enger befreundet, nehme ich an. Auf jeden Fall hingen sie immer in den Pausen zusammen.“

„Könnten Sie mir Marco dann vielleicht direkt hierher schicken?“

„Sicher, mache ich.“ Block ging ums Haus.

Die Menge der Schaulustigen hatte sich mittlerweile aufgelöst und Ruhe kehrte ein. Endlich hatte Enno nun die Gelegenheit, sich näher mit dem Opfer zu beschäftigen. Er wollte gerade die Ärmel aufkrempeln, als er sah, dass das Einsatzteam anrückte.

Darunter auch eine junge Frau, die er noch nicht gesehen hatte. Sozusagen der Lichtblick des Tages.

Enno erklärte kurz die Sachlage und dann machten sich die Männer von der Spurensicherung an die Arbeit. Die junge Frau entpuppte sich als die Gerichtsmedizinerin, die als Sommervertretung eingesprungen war. Sie hieß Verena Mischak und reichte Enno nun die Hand.

„Freut mich“, sagte er und nahm einen Hauch von Lavendel wahr, als er sich zu ihr beugte. Ihre Haut war leicht getönt und ihre Lippen waren voll und sinnlich. Unter anderen Umständen hätte er jetzt die Chance ergriffen. Doch nun zeigte er einfach nur auf die Mischmaschine. „Er gehörte zum Bautrupp.“

„Okay.“ Sie streifte sich die Latexhandschuhe über und auch Jürgen machte jetzt Stielaugen.

Es bedurfte wohl keiner weiteren Erläuterung, was in den beiden Männern, die ihr jetzt nachsahen, während sie auf langen Beinen in flachen Sandalen zur Mischmaschine schritt, vor sich ging.

Verena Mischak war es gewohnt, dass die Männer im ersten Moment stutzten, wenn sie zu einem Tatort kam. Deshalb machte es ihr nichts aus, dass die beiden ihr jetzt wahrscheinlich mit offenem Mund nachsahen. Nun stand sie vor der Mischmaschine und warf einen ersten Blick auf den Toten, der darin lag. Ein junger Mann, höchstens fünfundzwanzig. Sein Gesicht sah ihr mit geschlossenen Augen entgegen. Er war schlank und vermutlich nicht besonders groß, deshalb war es für den Täter sicher auch ein Leichtes gewesen, ihn hier in der Mischmaschine auf dem hart gewordenen Mörtel zu platzieren. Das war die eine Seite. Aber auf der anderen Seite fragte sie sich, warum es dem Täter so gleichgültig war, dass man das Opfer ziemlich schnell finden würde. Oder hatte es der Täter eilig gehabt? War vielleicht gestört worden? Doch darum sollten sich andere kümmern, entschied sie dann und sah sich zuerst die Hände des Opfers an. Es waren nicht die typischen Bauarbeiterhände, stellte sie fest. Vielleicht hatte er diesen Job noch nicht lange ausgeübt. An den Fingerkuppen war die Haut bei einigen Fingern aufgesprungen. Nein, er war die Arbeit hier auf dem Bau eindeutig nicht gewöhnt gewesen. Auf den ersten Blick war nicht zu erkennen, woran der junge Mann eigentlich gestorben war. Dafür würde er wohl aus der Mischmaschine gezogen werden müssen. Ein Kollege kam zu ihr und machte ein paar Fotos. Nun kam auch Enno zu ihr.

„Schon etwas herausgefunden?“, fragte er und hörte, wie Jürgen hinter ihm stand und sich räusperte. Mit ihm würde er wirklich noch ein ernstes Wörtchen sprechen müssen, denn er hatte hier eigentlich gar nichts zu suchen.

„Naja“, meinte Verena Mischak. „auf den ersten Blick würde ich sagen, er war nicht der typische Bauarbeiter.“

„Achso?“

„Seine Hände weisen darauf hin, dass er noch nicht lange auf dem Bau arbeitet, das will ich damit sagen. Sie sind noch empfindlich und weisen Verletzungen auf.

Sprich, es hat sich noch keine abwehrende Hornschicht gebildet."

„Verstehe. Und woran er gestorben ist ...".

„Tja, das kann ich besser beurteilen, wenn wir ihn aus der Maschine gezogen haben. Fassen Sie mal mit an?"

„Sicher." Enno wollte schon die Ärmel hochkrempeln, als Verena Mischak den Kopf schüttelte.

„Ich dachte eigentlich eher an die Kollegen der Spurensicherung", sagte sie und winkte zwei Kollegen heran.

Enno war die Sache peinlich und er lief rot an. Schon alleine, weil er wusste, wie Jürgen sich hinter ihm über seine Tölpelhaftigkeit amüsierte. „So meinte ich das auch eigentlich ...", stotterte er kleinlaut und ging ein paar Schritte zurück.

Etwas umständlich wurde Stefan Kromminga dann aus der Mischmaschine gezogen und alsbald offenbarte sich auch, woran er gestorben sein musste. Am Hinterkopf klaffte eine riesige Wunde und in der Mischmaschine gab es einen großen Blutfleck, den man vorher, als er noch darin gelegen hatte, nicht sehen konnte.

„So, wie es im Moment aussieht", sagte Verena Mischak, „wurde Stefan Kromminga mit einem stumpfen Gegenstand erschlagen. Vielleicht ein großer Holzklotz oder ein grober Stein. Hier auf dem Bau dürfte man so etwas finden können."

„Sie meinen also, dass er hier ermordet worden ist?“, schlussfolgerte Enno.

„Da wird uns die Spurensicherung sicher weiterhelfen können“, meinte sie, „wenn es keine Reifenspuren gibt, die auf einen Transport der Leiche hindeuten, dann ja, dann könnte ich mir schon vorstellen, dass er hier erschlagen worden ist. Vielleicht findet man ja sogar die Tatwaffe irgendwo im Gestrüpp, wenn wir Glück haben.“

„Dann tippe ich mal, dass die Tatzeit irgendwo gestern Abend bis in die frühen Morgenstunden liegt“, sagte Enno und kam sich ziemlich großartig dabei vor. Es war das erste Mal, dass er mit so einer attraktiven Kollegin zusammenarbeiten durfte.

„Da kennen Sie sich besser aus wegen der Gesamtumstände“, erwiderte sie, „ich kann Ihnen nach der Untersuchung in der Gerichtsmedizin in Oldenburg lediglich sagen, was ich für die Tatzeit halte.“

„Das hilft mir sicher weiter“, ereiferte sich Enno.

„Tja“, sagte Verena Mischak, „dann würde ich sagen, ich bin hier an dieser Stelle erst mal fertig. Soll ich Ihnen den Bericht per Mail zukommen lassen?“

„Ja, sicher“, antwortete Enno, obwohl er sie am liebsten gebeten hätte, doch einfach nochmal auf die Insel zu kommen. „Die Daten haben Sie sicher.“

„Das nehme ich an, dass ich die in der Gerichtsmedizin vorliegen habe“, erwiderte sie und verabschiedete sich alsbald.

Wieder standen zwei Männer mit offenen Mündern da, bis Verena Mischak um die Hausecke verschwunden war.

„He, hab ich Halluzinationen“, fand Jürgen als Erster zur Sprache zurück.

„Es muss doch auch mal Lichtblicke geben“, meinte Enno versonnen, „auch im Leben eines Ermittlers.“ Dann fiel sein Blick wieder auf den Toten. Er studierte dessen Gesicht und rieb sich übers Kinn. „Moment mal, kommt dir der nicht auch bekannt vor?“

Jürgen folgte seinem Blick und sah ebenfalls auf den Toten. „Hm“, machte er nachdenklich klingend. „Es begegnen einem ja viele Menschen hier.“

„Schon“, sagte Enno, „aber guck doch mal genau hin. Das ist doch einer der jungen Männer, die sich kürzlich im Restaurant gestritten haben. Erinnerst du dich nicht?“

„Oh, du meinst, als wir beim Italiener waren?“

„Ganz genau. Ich bin mir fast zu hundert Prozent sicher, dass er einer von beiden ist.“

Jurgen ging noch einen Schritt weiter an den Toten heran. Beugte sich kurz nach vorne, räusperte sich. „Ja, verdammt, du hast recht. Das ist einer von denen. Ob er deshalb tot ist?“

„Du meinst, weil sie sich gestritten haben?“

„Ja. Könnte doch sein, dass das draußen, als sie das Restaurant verlassen haben, nochmal weiter ging. Auch, wenn sie so getan haben, als sei die ganze Sache eine Bagatelle, als du sie angesprochen hast.“

„Mensch. Das wär ja ein Ding ...“. Enno sah sich in Gedanken den Fall schon zu den Akten legen und wieder am Strand entlangspazieren.

„Bin ich hier richtig?“

Enno und Jürgen drehten sich um. Vor ihnen stand ein junger Mann, der sich unsicher am Hinterkopf kratzte. Und beide wussten sofort, wer er war. Nämlich der andere der Streithähne aus dem Restaurant. Konnte das wirklich noch ein Zufall sein?

„Block hat mich hierher geschickt“, sagte er und versuchte es zu vermeiden, auf das Opfer zu sehen.

„Dann sind Sie wohl der Kollege und bester Freund von Stefan Kromminga“, schlussfolgerte Enno.

Der junge Mann nickte.

„Und Sie sind?“

„Marco Flint.“

„Sie haben sich kürzlich mit dem Opfer gestritten, als Sie im Restaurant waren“, fiel Enno sofort mit der Tür ins Haus. „Ich habe versucht, den Streit zu schlichten, vielleicht erinnern Sie sich an den Abend.“

Marco Flint sah aus, als suchte er nach einem Fluchtweg, denn er sah sich hilfesuchend um. Doch da war niemand, der ihm hätte helfen können. „Das war nicht so, wie Sie jetzt vielleicht denken ...“.

„Sie meinen, Sie haben Stefan Kromminga nicht erschlagen?“ Enno stemmte seine Hände in die Seiten. Für ihn war der Fall praktisch so gut wie gelöst.

„Nein, das habe ich natürlich nicht getan. Warum sagen Sie denn so etwas? Stefan und ich, wir waren die besten Freunde“, verteidigte sich Marco.

„Und warum haben Sie sich dann gestritten?“

Marco drehte sich weg und es sah aus, als ob er sich ein paar Tränen wegwischte. „Mein Gott“, sagte er dann, „nur, weil man mal nicht einer Meinung ist, deshalb bringt man den anderen doch nicht gleich um. Haben Sie etwa nie Streit mit ihren Kumpels?“

Enno beschloss, nun mal ein paar Takte zurückzufahren. Vielleicht war es unklug, den jungen Mann sofort in die Enge zu treiben. Besser, man wiegte ihn in Sicherheit, damit er dann einen dummen Fehler machte, mit dem man ihn überführen konnte.

„Sicher“, sagte er und legte Demut in seine Stimme, „wir haben alle mal Meinungsverschiedenheiten. Es ist schon so, wie Sie sagen, deshalb greift man nicht gleich zum nächsten Stein und schlägt dem anderen damit den Schädel ein.“

Marco Flint verzog das Gesicht und sah zu seinem toten Freund, mit dem er nun ganz sicher nie wieder streiten würde.

„Wenn Sie mir nur sagen könnten, was Sie gestern seit dem frühen Abend bis zum Morgengrauen gemacht haben, dann sind wir hier eigentlich auch schon fertig.“

„Sie meinen gestern?“

Enno nickte.

„Tja, nach Feierabend, das war so gegen neunzehn Uhr, da bin ich direkt nach Hause und hab mich unter die Dusche gestellt. Danach habe ich was gegessen und ferngesehen.“

Enno runzelte die Stirn. „Das klingt, als wären Sie kurz vorm Ruhestand“, stellte er fest. „Sie wollen mir wirklich erzählen, dass Sie nichts mehr unternommen haben? Raus an den Strand oder irgendwo was trinken mit Kollegen?“

„Ich hatte Kopfschmerzen.“

„Kopfschmerzen?“

„Ja, manchmal habe ich Migräne. Und gestern war es wieder besonders schlimm. Ich habe mich durch den ganzen Arbeitstag gequält und war froh, als endlich Feierabend war. Da hilft eigentlich nur, wenn ich fast kalt dusche und anschließend im verdunkelten Zimmer sitze. Das klingt sicher uncool und nach Vorruhestand, aber genauso ist es gewesen.“

„Gibt es jemanden, der das bezeugen kann?“

Marco schüttelte mit dem Kopf. „Nein, natürlich nicht."

„Das ist schade."

„He, ich habe Stefan das ganz bestimmt nicht angetan."

Wieder sahen alle zu dem Opfer. Nun endlich traten ein paar Männer heran und legten die Leiche in einen Zinksarg und trugen den Toten davon.

Wir werden sehen, dachte Enno und sagte: „Kommen Sie bitte auch morgen früh zu mir in die Dienststelle, um Ihre Aussage zu Protokoll zu geben."

Marco nickte kaum wahrnehmbar und ging dann wieder zu den anderen Kollegen, die aus einiger Entfernung alles beobachteten.

„Und jetzt?", fragte Jürgen.

„Wie?" Enno war noch immer ganz in Gedanken. Fühlte er sich bei der Erkenntnis, dass einer der Streithähne aus dem Restaurant plötzlich tot war der Lösung des Falles eben noch ganz nah, so kamen ihm doch langsam Zweifel, ob es richtig war, die Sache so schnell abzutun. Es konnte ja durchaus stimmen, was Marco eben erzählt hatte. Und morgen früh beim Verhör der Kollegen, da würde sicher mehr Licht ins Dunkel kommen.

„Was machen wir jetzt?", bohrte Jürgen weiter nach, weil von Enno nichts Weiteres kam.

„Wir?", fragte Enno und räusperte sich. „Ich weiß nicht, was du machst, aber ich werde mich hier jetzt noch ein wenig auf der Baustelle umsehen. Wirst du nicht in der Touristinfo gebraucht?"

„Sicher", erwiderte Jürgen pikiert und wandte sich bereits zum Gehen.

Das wiederum tat Enno nun doch leid. Er wollte seinen neu gewonnenen Freund nicht so vor den Kopf stoßen. „Warte", sagte er deshalb, und Jürgen drehte sich sofort wieder um. „Du kennst dich hier auf der Insel mit allem viel besser aus. Sicher kann ich deine Hilfe gut gebrauchen. Wenn du willst, dann können wir uns später noch zum Essen treffen. Hör dich doch einfach mal ein bisschen bei deinen Leuten um, das hilft mir sicher weiter."

„Klar, wird gemacht", sagte Jürgen und lächelte schon wieder. Es war nicht seine Art, anderen lange etwas nachzutragen. „Beim Italiener um 19 Uhr?"

„Ja, kling gut", sagte Enno und wandte sich dann wieder der Mischmaschine zu.

Eigentlich war es ziemlich leichtsinnig vom Täter, den jungen Mann hier einfach reinzustopfen, wo man ihn jederzeit finden konnte. Und viel mehr noch, der Täter hatte sich der Gefahr ausgesetzt, gesehen zu werden. Also schloss Enno für sich daraus, dass die Tat irgendwann in der letzten Nacht geschehen war. Auch, wenn der Fähranleger immer irgendwie beleuchtet war, hier hinter dem Rohbau, da herrschte dann Dunkelheit. Hatte Marco etwa doch gelogen und Stefan und er waren nach einem launigen Abend, an dem sie viel getrunken hatten, noch einmal hier zur Baustelle gegangen und dann war es erneut zu einem Streit gekommen? Ein Wort gab dann oft das andere, wenn man zu viel getrunken hatte. Und schließlich hatten sie miteinander gekämpft und Marco hatte zum Nächstbesten gegriffen, was ihm in die Hände fiel. Ein Stein war hier auf der Baustelle nun wirklich nichts Außergewöhnliches. Damit hatte er zugeschlagen. Eines war sicher, fand man die Tatwaffe, war das schon die halbe Miete. Doch bisher sah es nicht danach aus. Die Beamten, die sich mit Bedacht durchs Gestrüpp vorantasteten, tappten bisher im Dunkeln.

Und vielleicht hatte Marco dann trotzdem noch geistesgegenwärtig, nachdem er Stefan in die Mischmaschine gestopft hatte, den Stein mit zum Ufer genommen und ihn ins Meer geworfen. So würde man den Stein dann nie wiederfinden können. Das Meer würde die Spuren verwaschen.

Da blieb dann nur die Hoffnung auf DNA Spuren auf der Haut und der Kleidung des Opfers. Jetzt ärgerte sich Enno, dass er Marco nicht aufgefordert hatte, seine Kleidung in die Spurensicherung zu geben. Das musste er dringend nachholen. Er ging zu einem der Beamten im hohen Gras und bat ihn, sich darum zu kümmern. Er zeigte in die Richtung, wo Marco immer noch mit den Kollegen stand.

Beim Italiener

Keine Frage, für Jürgen war es eine Art Deja vu, als er pünktlich im Restaurant saß und auf Enno wartete. Er dachte an die Zeiten zurück, als er hier mit Eva gesessen hatte. Alles war eine gefühlte Ewigkeit her und fast schon gar nicht mehr wahr. Er hatte sie lange nicht mehr gesehen. Eine Zeitlang war es ihm sogar wichtig gewesen, ihr direkt aus dem Weg zu gehen, was auf einer Insel gar nicht immer so einfach war. Doch jetzt, wenn er alles noch einmal vor seinem inneren Auge sah, da spürte er, dass sie ihm fehlte. Als gute Freundin. Mehr nicht. Wahrscheinlich war sie die einzige Frau gewesen, mit der er jemals wirklich offen über alles hatte reden können. Er hatte Beziehungen nach ihr gehabt, doch alles war irgendwann im Sande verlaufen. Keine kam an Eva heran. So komisch es auch klingen mochte.

Dann endlich kam Enno um die Ecke und setzte sich zu ihm an den Tisch, der draußen auf der Terrasse stand. Es war ein herrlicher Abend und von überall her hörte man angeregtes Stimmengewirr.

„Ich hab dir schon mal ein großes Bier mitbestellt“, sagte Jürgen, als Enno sich gesetzt hatte.

„Das war eine gute Idee, ich habe wirklich großen Durst“, erwiderte Enno und griff zur Karte. „Und Hunger übrigens auch.“

Das Bier wurde kurz darauf gebracht und sie bestellten sich jeder einen Teller mit Pasta und viel Soße. Dann stießen sie auf einen schönen Abend an.

Jürgen wischte sich die Schaumkrone von der Oberlippe und stellte sein Glas wieder ab. „Und?“, sagte er, „hast du den Täter schon geschnappt?“

„Ach“, ging Enno darauf ein und machte eine Geste gen Himmel, „wenn das doch nur so einfach wäre.“

„Ist es vielleicht ja auch. Denk an die jungen Männer, die sich hier gestritten haben“, meinte Jürgen.

„Ja, ich weiß schon, was du meinst. Im Moment ist er ja auch mein Favorit. Ich habe da so eine Theorie, dass sie den Abend über lange getrunken haben, zur Baustelle gingen und irgendwie in Streit geraten sind.“

„Klingt plausibel“, stimmte Jürgen zu, „und dann greift einer zum Stein und schlägt zu. Zack, aus die Maus.“

Enno nickte verschwörerisch, doch dann sagte er: „Aber ist das nicht eine Nummer zu einfach?“, gab er zu bedenken. „Und dann ist dieser Marco auch noch so dumm und stopft seinen Kollegen direkt in die Mischmaschine auf der Baustelle, wo beide gearbeitet haben? Es ist doch wohl klar, auf wen der Verdacht dann als erstes fällt. Und so ist es ja auch.“

„Hm“, machte Jürgen, „irgendwie muss ich dir da recht geben. Das klingt alles viel zu einfach. Aber wer soll es denn sonst gewesen sein? Und warum dann ausgerechnet auf der Baustelle, wo Marco arbeitet?“

„Tja“, sagte Enno betont gedehnt, „was ist denn, wenn Stefan dort ein kleines Techtelmechtel hatte?“

„Techtelmechtel auf einer Baustelle? Klar, klingt logisch.“ Die Ironie in Jürgens Stimme war nicht zu überhören, als er grinste und erneut sein Bier ansetzte.

„Sie müssen es ja nicht auf dem nackten Betonboden getrieben haben“, nuschelte Enno, weil er sah, dass sich eine Bedienung mit ihrem Essen näherte.

„Das sieht aber wirklich lecker aus“, lobte Jürgen und schenkte der jungen Frau ein ehrliches Lächeln.

Sie ging wieder, nachdem sie seinen Blick entsprechend erwidert hatte, und sie griffen zu ihrem Besteck.

„Sag mal“, meinte Enno, „ist die nicht ein bisschen zu jung für dich?“

„He, ich flirte nur ein bisschen“, wehrte Jürgen ab, „mit dem Thema Frauen hab ich selber nämlich wirklich abgeschlossen.“

„Echt? Du bist doch noch keine achtzig …“. Enno stopfte sich einen Löffel Pasta in den Mund und machte begeisterte Schmatzgeräusche.

„Das vielleicht nicht“, wurde Jürgen ernster, „aber mit den Frauen ist das so eine Sache. Hast du einmal eine kennengelernt, die es gewesen wäre …“.

„Aha, verstehe. Eine unglückliche Liebe. Was ist denn passiert?“

„Ach, nicht so wichtig“, wehrte Jürgen nun ab, weil er keine Lust hatte, über Eva zu sprechen. Das war zum einen sehr privat und auf der anderen Seite war sie immerhin die Kollegin von Enno. Und er schien keiner zu sein, der Geheimnisse für sich behalten konnte. Und vielleicht steigerte er sich wegen seiner momentanen Emotionalität angesichts seiner Erinnerungen auch einfach zu sehr in die Sache hinein.

„Schon gut“, meinte Enno, „ich rede auch nicht gerne über meine Gefühle.“

„Du bist ja auch ledig.“

„Ich weiß ...“.

„Aber freiwillig ist das wohl auch nicht.“

„Naja, wie man’s nimmt. Ich bin zweimal geschieden.“

„Oh, das hast du noch gar nicht erzählt.“

„Ist auch nicht mein Lieblingsthema.“

„Komm, dann lass uns über was anderes sprechen“, schlug Jürgen vor und winkte der Bedienung, um noch eine Runde Bier zu bestellen.

Sie befanden dann im Verlauf ihrer weiteren Unterhaltung, dass man sowohl den Mord durch einen echten Freund und Kollegen sowie einen eifersüchtigen Ehemann, der seine Frau bei einem Schäferstündchen erwischt haben könnte, unbedingt in Betracht ziehen musste.

„Ich bin wirklich sehr gespannt auf die Aussagen morgen“, meinte Enno.

„Du musst den Kollegen wirklich gut auf den Zahn fühlen. Wenn der Stefan da was am Laufen hatte mit einer verheirateten Frau, dann hat er ganz bestimmt vor seinen Kollegen damit angegeben.“

„Denke ich auch.“ Enno wischte sich übers Gesicht und sah auf seine Uhr. „Ich denke, ich habe jetzt die nötige Bettschwere. Morgen wird ein anstrengender Tag.“

„Du hast recht, lass uns zahlen.“ Jürgen winkte wieder der Bedienung. Es hatte wohl einen Schichtwechsel gegeben und ein junger Mann kassierte ab.

Gemeinsam gingen sie dann soweit die Barkhausenstraße entlang, bis sich ihre Wege trennten.

Enno machte Licht im Hausflur, als er bei seiner Wohnung angekommen war. Aus verschiedenen Richtungen nahm er Stimmen wahr. Die anderen dachten wohl lange noch nicht ans Schlafen. Doch er fühlte sich plötzlich hundemüde. Gut gegessen und getrunken, so konnte einem ein Feierabend schon gefallen.

Dann schloss er die Tür zu seiner Wohnung auf. Von draußen drang Licht durch die Fenster und so machte er selber keins an. Diese Stimmung tauchte seine Gedanken in eine ganz besondere Schieflage und plötzlich musste er an die junge Gerichtsmedizinerin denken. Was sie wohl gerade machte? Ob sie wie andere aus dieser Branche die Nacht zum Tag machte, weil sie so schnell wie möglich Ergebnisse liefern wollte? Er stellte sich vor, dass sie, weil es so warm war, im Institut, ihren weißen Kittel abgestreift hatte und nur auf Unterwäsche, die sicher weiß und spitzenbesetzt war, mit spitzen Fingern an der Leiche herumhantierte und dabei ihre Ergebnisse in ein Diktiergerät hauchte.

Dann strahlte plötzlich ein grelles Licht von draußen ins Wohnzimmer. Verdammt, jetzt war die Stimmung dahin. Enno schlich ins Bad und schlug sich kaltes Wasser ins Gesicht, putzte sich die Zähne, streifte sich währenddessen schon seine abgewetzte Cordhose ab und sah sich im Spiegel im rotkarierten Hemd. Ich bin ein alter hässlicher Mann, dachte er. Da hat ja selbst der Jürgen noch mehr Chancen bei Verena Mischak. Er spülte die Zahnbürste ab und gurgelte noch einmal, bevor er dann ins Schlafzimmer wankte.

In Tannenhausen

Eva Sturm war die eigentliche Ermittlerin auf Langeoog. Doch sie hatte sich ein paar Monate wegen des Nachlasses ihrer Mutter in Schweden aufgehalten. Und nun hatten Robert und sie einen Spaziergang im Wald gemacht, nachdem sie nach Ostfriesland zurückgekehrt waren. Sie kamen nun, sich bei den Händen haltend, zurück zum Haus. Sie schwiegen, weil es nicht mehr viel zu sagen gab. Sie hatten gestern Abend lange darüber diskutiert, wie es weitergehen sollte. Und auch darüber, dass es nun langsam Zeit würde, dass Eva wieder auf die Insel ging, um auf Langeoog zu arbeiten. Robert fand, dass wirklich nichts mehr dagegen sprach, denn er fühlte sich von Tag zu Tag besser. Seine Ärzte hatten ihm grünes Licht gegeben, die Chemotherapie war so positiv für ihn verlaufen, dass er sich darauf freuen durfte, die nächsten Monate sein Leben wieder etwas unbeschwerter zu führen.

Die Idee, die Eva zunächst ins Spiel gebracht hatte, dass sie ganz mit dem Job aufhören würde, um bei ihm in Tannenhausen zu bleiben, war längst vom Tisch.

„So eine Frau bist du nicht“, hatte Robert gesagt, „eine, die sich ganz für ihren Mann aufgibt. Und so eine Frau hätte ich auch niemals geheiratet. Ich liebe dich, weil du weißt, wozu du stehst.“ Sie hatte dem nur schwer etwas entgegenzusetzen gehabt. Denn im Grunde hatte Robert ja recht. Sie war eine Frau, die fest im eigenen Leben stand. Und dazu gehörte es eben auch, auf Langeoog Verbrecher zu jagen.

Sie setzten sich nun auf die Bank hinter dem Haus, weil der Tag einfach so schön begonnen hatte.

„Ich werde uns einen Kaffee machen", sagte Robert, „möchtest du auch etwas essen?"

„Vielleicht ein paar Kekse", erwiderte Eva und reckte sich der Sonne entgegen, „ich glaube, da sind noch welche im Schrank."

„Okay, Kekse", sagte Robert, lächelte verschmitzt und küsste sie noch einmal auf die Nase, bevor er ins Haus ging.

Ich bin so unendlich glücklich, dachte Eva, als sie ihm nachsah. Und gleichzeitig kroch ein Gedanke in ihr hoch mit der Frage, womit sie so viel Glück eigentlich verdient hatte. So war sie eben. Jedem guten Gefühl schob sie gleich einen Zweifel hinterher. Sie konnte nicht anders. Sie nahm nichts als selbstverständlich hin.

Sie ließ ihren Blick wieder zum Wald wandern. Und für einen Moment dachte sie an Schweden. Was Maja jetzt wohl machte? Ob sie schon in ihrem Haus wohnte? Ein bisschen Wehmut schwang auch in ihr mit. Es war gut, dass Maja sich vehement dagegen gewehrt hatte, das Haus komplett von ihr zu übernehmen. Eva wusste nun, dass sie irgendwann wieder nach Schweden zurückkehren würde.

Sicher nicht so bald und sicher auch nicht in den nächsten Jahren. Aber irgendwann, wenn sie nicht mehr arbeiten musste, da wäre es doch möglich, dort ganz Fuß zu fassen. Alt zu werden, in den Wald zu gehen, und den Vögeln lauschen. Und irgendwie ahnte sie, dass sie dann alleine sein würde. Schnell schluckte sie den Kloß, der sich in ihrem Hals gebildet hatte, herunter. Robert sollte nichts von ihrer deprimierten Stimmungsschwankung mitbekommen.

Er kam gutgelaunt mit einem Tablett nach draußen und stellte es auf dem Tisch ab. „Ich hab keine Kekse gefunden“, sagte er, „deshalb habe ich uns Marmeladentoast gemacht.“

„Oh“, sagte Eva, „ich hätte schwören können ... aber Toast ist auch genauso gut.“

„Du siehst ein wenig traurig aus“, stellte er fest.

Eva zwang sich ein Lächeln ab. „Ach was, ich hab nur gerade an Schweden gedacht, das ist alles.“

„Irgendwann werden wir wieder dahin fahren“, sagte Robert und es schien ihm wirklich ernst zu sein.

Eva ging jetzt nicht weiter darauf ein.

„Ich denke, ich werde die Fähre morgen Mittag nehmen“, sagte sie stattdessen.

„Eine gute Idee, dann können wir ausschlafen und noch gemeinsam frühstücken.“

„Eben, das dachte ich mir auch. Ich bin wirklich gespannt, wie es ist, wieder auf Langeoog zu sein."

„An die Begrenztheit dieses Sandhaufens wirst du dich wohl erst wieder gewöhnen müssen", meinte Robert.

„Das stimmt sicher. Aber in der Regel lebt man sich ja schnell wieder ein. Wirst du mich auch mal besuchen kommen?" Sie lächelte ihn mit schiefgelegtem Kopf an.

Robert nickte. „Sicher. Die Ärzte sagen ja, ich muss mir keine Sorgen mehr machen. Im Moment jedenfalls nicht. Vielleicht komme ich schon nächstes Wochenende zu dir."

„Ich kann natürlich auch wieder hierherkommen", meinte Eva, „das wäre dann für mich auch mal wieder eine Auszeit."

„Auszeit? Du fährst doch gerade erst zurück. Nein, nein. Lass mich nur nach Langeoog kommen, das passt schon. Dann können wir lange Spaziergänge am Strand unternehmen."

„Das klingt schön ...".

Eva nahm ihren Kaffeebecher und setzte sich nun in die Liege.

„Ich denke, ich werde gleich ein wenig schlafen."

„Mach das ruhig. Ich werde am besten gleich ins Haus gehen, mir brennt die Sonne langsam auf den Kopf." Er tippte sich gegen den kahlen Schädel.

Es dauerte gar nicht lange, da fiel Eva in einen wohlig süßen Schlaf. Endlich einmal wieder. Sie liebte Robert und wurde von ihm geliebt. Alles andere war da eigentlich egal.

In der Dienststelle

Enno war entgegen seiner Befürchtung nach dem gestrigen Abend mit Jürgen putzmunter, als er am Morgen erwachte. Nicht einmal Kopfschmerzen plagten ihn, was er sonst eigentlich nach so viel Bier und Schnaps gewöhnt war.

Nach einer Dusche setzte er sich noch in die Küche, trank einen Tee, aß ein Brot mit Käse und blätterte die Zeitung durch. Irgendwie kribbelte es in seiner Nase, was in der Regel dafür stand, dass es gravierende Veränderungen in seinem Leben gab. Sollte ich wirklich heute schon den Täter überführen, dachte er bei sich, als er den Artikel über den Mord auf Langeoog las. Da wurde wirklich nichts an Grausamkeiten ausgespart und auf einem Foto war sogar er zusammen mit Jürgen im Hintergrund zu sehen. Die Bilder der Mischmaschine ließen mehr erahnen, als sie zeigten. So viel Anstand besaß das Pack dann doch noch, dachte Enno. Er mochte einfach keine Journalisten. Meistens drehten sie einem das Wort im Mund herum.

Er faltete die Zeitung zusammen und aß sein Brot zu Ende. Dann trank er noch eine weitere Tasse Tee. Nun war er startklar für den Tag.

In der Dienststelle fuhr er als Erstes den PC hoch, um nachzusehen, ob der Bericht aus der Gerichtsmedizin bereits eingegangen war. Doch leider Fehlanzeige. Er bekam tatsächlich einen roten Kopf, als er sich an seine letzten Gedanken vom Vorabend erinnerte. Es war gut, dass er Verena Mischak nicht so schnell wieder unter die Augen treten musste.

Was nun?, fragte er sich und sah auf die Uhr. Bis der erste Zeuge vom Bau aufkreuzen würde, dauerte es bestimmt noch eine halbe Stunde. Enno vertrödelte die Zeit nicht gerne, also nutzte er sie, um noch einmal die Füße auf den Tisch zu legen und die Augen zu schließen.

Das Telefon schreckte ihn dann nach kurzer Zeit wieder auf und mit einem mehligen Geschmack im Mund nahm er ab. Es war Verena Mischak. Ausgerechnet. Sofort fuhr sich Enno über die pelzigen Zähne.

„Ich wollte nur Bescheid geben, dass ich den Bericht gleich rüberschicken werde“, sagte die angenehm temperierte Frauenstimme in Ennos Ohr.

„Oh, das ist gut. Sie arbeiten schnell.“

„Ach, so aufwendig war die Sache ja nicht. Stefan Kromminga ist eindeutig an dem Schlag auf den Hinterkopf gestorben. Allerdings nicht sofort.“

„Sie meinen, der Täter hat ihn bewusst in der Mischmaschine sterben lassen?“ Enno war jetzt ganz wieder der Ermittler, der er eigentlich sein sollte.

„Wenn ihm bewusst war, dass das Opfer noch nicht tot war, dann ja“, erwiderte sie. „Aber Fakt ist, hätte man Stefan Kromminga geholfen, dann würde er noch leben.“

„Meine Güte. Das macht die Sache irgendwie schlimmer, oder?“

„Tot ist tot“, sagte sie. „So, nun werde ich mal auf die Tasten drücken, damit Sie den Bericht gleich haben.“

„Vielen Dank nochmal“, sagte Enno.

Dann legten sie auf.

Enno drückte auf seine Tastatur, damit der Bildschirm wieder aktiv wurde. Dann klickte er sich ins Mailpostfach. Der Bericht war angekommen. Er druckte ihn aus, um ihn gleich zu lesen. Doch dann ging die Tür auf. Block kam herein.

„Herr Block“, begrüßte ihn Enno, „kommen Sie, dann können wir gleich anfangen.“

Wilfried Block berichtete vom Fortgang der Arbeiten, es half ja nichts. Und Stefan Kromminga, nun ja, das hätte er ja bereits erwähnt, dass er auffällig war, weil er oft zu spät zur Arbeit kam. Und am Tag seines Todes gar nicht mehr. Aber ansonsten sei er wirklich ein guter Mann gewesen, auf den er nun wirklich nur sehr ungern verzichten würde.

Während er das alles erzählte, überflog Enno nebenbei den Ausdruck des Berichts, den er eben aus dem Drucken gezogen hatte. Verena Mischak ging nicht davon aus, dass Stefan Kromminga der typische Kerl vom Bau war, wie sie wortwörtlich schrieb. Seine Hände wiesen darauf hin, so fuhr sie fort, dass er den Job noch nicht lange machte.

„Sie waren also sehr zufrieden mit der Arbeit von Stefan Kromminga“, sagte Enno dann, als Block eine Sprechpause einlegte.

„Ja, das kann ich voll und ganz unterschreiben“, erwiderte dieser.

„Dann war er wohl ein wahres Naturtalent“, sagte Enno, „denn offensichtlich war es sein erster Job auf einer Baustelle“,

Block runzelte die Stirn. „Wie soll ich das jetzt bitte verstehen?“

„Nun, die Gerichtsmedizin belegt in ihrem Bericht eindeutig, dass Stefan Krommingas Hände nicht die eines versierten Bauhelfers sind. Eher im Gegenteil. Sie weisen Verletzungen auf, wie man sie sich bei der Arbeit mit groben Materialien nur zuziehen kann, wenn die Haut an den Händen noch keine schützende Hornhaut gebildet hat.“

„Aha“, sagte Block und verstand immer noch nicht ganz. „Wenn das so ist, dann ist das wohl so. Ich weiß nicht, wo er vorher gearbeitet hat. Er war ja auch nur für diese Baustelle auf Langeoog eingeplant. Bisher jedenfalls.“

„Dann stimmt es also, dass Sie vorher noch nie mit ihm zusammengearbeitet haben und nicht wissen, ob er vorher schon als Bauhelfer tätig war?“

„Korrekt.“

„Er verfügte dann Ihres Wissens über gar keine Kenntnisse in dieser Branche und trotzdem haben Sie ihn angestellt?“

Block lehnte sich vor. „Haben Sie überhaupt eine Ahnung, wie schwer es ist, überhaupt noch junge Menschen für die Arbeit auf dem Bau zu finden?“

„Nein, nicht die geringste“, antwortete Enno trocken.

„Sehen Sie. Wenn Sie in meiner Haut gesteckt hätten, dann hätten Sie auch keinen kompletten Lebenslauf verlangt, wenn jemand freiwillig kommt und sich für zehn Euro die Stunde den Puckel versaut.“

„Zehn Euro die Stunde?“, wiederholte Enno, „ist das heutzutage denn überhaupt noch legitim. Wir haben doch den Mindestlohn.“

Block zog die Schultern hoch. „Das müssen Sie mit meinem Chef besprechen, ich mache die Gehälter nicht. Aber die Dinge sind nun einmal so, wie sie sind. Und deshalb war es mir egal, ob Stefan vorher vielleicht in einem Nagelstudio gearbeitet hat. Ich hoffe, Sie verstehen das.“

„Sicher“, sagte Enno und dachte, dass es darum ja auch gar nicht ging. Er wusste selber nicht, welcher Teufel ihn geritten hatte, dass er so darauf herumhackte. Wer wurde heute schon noch gut bezahlt. Er und seine Kollegen ja eigentlich auch nicht, wenn man bedachte, was ihnen manchmal abverlangt wurde. Von der Ausrüstung ganz zu schweigen. „Kommen wir jetzt zu einem anderen Thema“, schwenkte er deshalb um. „Stefan war besonders gut mit Marco befreudet, haben Sie mir gesagt. Können Sie sich vorstellen, dass es zwischen den beiden Männern zu einem derart heftigen Streit gekommen sein könnte, dass Marco seinen Kollegen ermordet hat?“

Block brauchte einen Moment, um folgen zu können. „Nein, das glaube ich eigentlich nicht. Aber wissen kann ich es auch nicht“, antwortete er diplomatisch.

Enno erzählte ihm nun von dem Vorfall im Restaurant. Dabei ließ er unerwähnt, dass Jürgen bei ihm gewesen war und alles bezeugen konnte.

„Hm“, machte Block, „also, auf der Baustelle, da haben die beiden sich jedenfalls nicht gestritten, soweit ich das beurteilen kann. Und meistens bin ich ja vor Ort.“

„Was denken Sie denn, worüber sich die beiden im Restaurant gestritten haben könnten? Fällt Ihnen da irgendetwas ein?“

„Frauen“, sagte Block, „geht es denn nicht meistens um Frauen, wenn Männer sich gegenseitig die Zähne zeigen?“ Er grinste süffisant, um seine Feststellung zu untermauern.

„Da mögen Sie recht haben“, stimmte Enno zu, „Frauen können schon zu Schwierigkeiten bei Männerfreundschaften führen. Wissen Sie denn, ob einer der beiden oder sogar beide eine Freundin hier auf Langeoog hatte?“

„Nein, das weiß ich nicht. Ich sitze ja auch nicht immer mit beim Frühstück mit den Jungs. Da sollten Sie vielleicht die anderen Kollegen fragen."

„Das werde ich gleich sicher tun", schloss Enno, dem im Moment nichts Weiteres einfiel, das er Block fragen könnte. „Nur eines noch, wo waren Sie am fraglichen Abend, als man Stefan Kromminga den Schädel eingeschlagen hat?"

Block sah ihn konsterniert an. „Ich? Brauche ich etwa ein Alibi?"

„Wäre nicht das Schlechteste", meinte Enno, „schon alleine, um Sie auszuschließen."

„Ich habe das getan, was ich jeden Abend mache. Erst bleibe ich so lange auf der Baustelle, bis auch der letzte meiner Männer gegangen ist und dann mache ich nochmal einen Rundgang, um zu prüfen, ob alles in Ordnung ist. Absicherungen, Werkzeuge und so weiter. Und erst dann, wenn ich ganz sicher bin, dann mache ich mich auch auf den Weg. Und zwar zu meiner Wohnung. Wissen Sie, ich stehe morgens um fünf Uhr auf. Da bin ich abends wirklich erledigt, wenn ich so gegen neunzehn Uhr dreißig nach Hause komme. Dann trinke ich meistens noch ein Bierchen und sehe ein bisschen fern. Und dann ab ins Bett."

Klingt langweilig, dachte Enno. Doch wenn er sich Block so ansah, dann wunderte es ihn auch nicht. Er war weit in den Fünfzigern und hatte sicher die Silberhochzeit schon vor einiger Zeit hinter sich gelassen. Zuhause wartete eine Frau auf ihn, oder sie wartete auch nicht mehr. Seine Kinder waren erwachsen und in alle Winde verstreut. Ja, genauso sah Block aus. Als ob sich niemand mehr für ihn interessieren würde. Und irgendwie, dachte Enno plötzlich, sieht er genauso aus wie ich.

„Okay", sagte er, weil er nichts anderes mehr zu sagen wusste. „Sie können dann gehen. Wenn ich noch weitere Fragen habe, melde ich mich."

Block brauchte nicht lange, um aus der Dienststelle zu verschwinden.

Enno las noch einmal ausführlich den Bericht von Verena Mischak, um nicht weiter in seinen trüben Gedanken zu fischen. Und schließlich kamen die nächsten Zeugen einer nach dem anderen in die Dienststelle spaziert. Ihre Aussagen ähnelten sich im Groben. Der eine kannte Stefan mehr, der andere weniger. Es waren alles ziemlich unterschiedliche Typen und so wunderte es ihn auch nicht. Schließlich kam Marco Flint herein, von dessen Aussage sich Enno insgeheim am meisten Aufschluss erhoffte.

„Marco", sagte er erfreut klingend, „setzten Sie sich doch. Vielleicht eine Tasse Kaffee oder Tee?"

„Nein, danke", sagte Marco und sah sich unsicher um. Er hatte sich noch nie wohl gefühlt, wenn er zur Polizei musste. Und das war in seinem Leben schon öfter vorgekommen, als ihm lieb war, weil er einen Hang dazu hatte, sich die falschen Freunde auszusuchen. Wieder einmal, wie es nun aussah.

„Dann kommen wir am besten gleich zur Sache“, fuhr Enno fort, „was können Sie mir über Stefan Kromminga sagen?“

„Über Stefan? Was soll ich da sagen können?“

„Nun ja, was war er für ein Mensch? Hatte er eine Freundin hier auf der Insel? Vielleicht sogar eine verheiratete Frau? Eine Urlauberin?“

Marco musste das erst mal sacken lassen. Er ahnte, worauf das Ganze hier hinauslief. „Ich weiß nichts von einer Freundin“, sagte er, „und sowas würde Stefan ... ich meine, sowas hätte Stefan auch nicht getan, einem anderen die Frau ausspannen.“

„Er hätte sie ja nicht gleich heiraten müssen. Aber hier unter den Urlauberinnen ist schon so die eine oder andere, für die man mal was riskieren könnte, meinen Sie nicht?“

„Was denn riskieren?“ Marco hatte eindeutig keine Lust auf eine Unterhaltung in dieser Richtung. Stefan war sein Freund gewesen und dieser Bulle zog ihn durch den Schmutz.

„Sie wissen schon sehr genau, was ich meine“, blieb Enno standhaft, „aber wie dem auch sei. Sie beide, Sie und Stefan, als junge attraktive Männer, braungebrannt vom langen Tag in der Sonne, Sie wollen mir doch wohl nicht weismachen, dass Frauen in ihrem Leben keine Rolle gespielt haben."

Marco wusste, dass es besser war, jetzt nicht länger zu mauern. „Klar", gab er zu, „natürlich haben wir mit den Mädels hier geflirtet. Warum auch nicht. Das ist ja kein Verbrechen."

„Sehen Sie, wir verstehen uns."

„Aber mit verheirateten Urlauberinnen, da lief nichts. Wir waren doch nicht lebensmüde. Warum sich so einen Ärger einhandeln, wenn man alles auch ganz easy haben kann."

Da war natürlich was dran, dachte Enno und kratzte sich am Kinn. „Bei dem Streit", sagte er, „kürzlich im Restaurant, worum ging es da?"

Marco rollte mit den Augen. „Echt jetzt? Das hatten wir doch schon. Es war nichts weiter. Eher so ein Kräftemessen."

„Kräftemessen? Das müssen Sie mir näher erklären."

„Naja, das kommt schon mal vor, selbst zwischen Kumpels, dass man nicht immer einer Meinung ist. Frauen werden dann hysterisch und Männer eben einfach lauter."

Enno musste bei diesem Vergleich schmunzeln. So ganz Unrecht hatte Marco da ja nicht. Aber trotzdem. „Sie wollen mir also nicht verraten, worüber Sie sich gestritten haben?"

Marco rollte mit den Augen. „Es ging um Frauen. Oder besser gesagt, um eine Frau. Oder ein Mädchen, wie Sie wollen. Wir hatten beide ein Auge auf Janna geworfen."

„Sie waren an dem Abend also kurz davor, sich um ein Mädchen zu prügeln", konstatierte Enno und dachte, ganze Kerle eben vom Bau.

„Wir hätten uns nicht geprügelt, aber Stefan hat etwas schlechtes über Janna gesagt, das ich so nicht stehen lassen konnte. Aber ehrlich, es war alles ganz harmlos. Wegen sowas hätte ich Stefan niemals umgebracht."

„Wegen sowas nicht. Aber wofür dann?"

„Hä. Natürlich gar nicht. Was soll das denn jetzt?" Marcos Stimme wurde plötzlich ärgerlich. „Ich hätte Stefan und übrigens auch niemandem sonst jemals ein Haar gekrümmt. So einer bin ich nicht."

„Wie lange kannten Sie Stefan schon?"

„Na, seitdem er auf dem Bau arbeitet."

„Und das ist seit wann?"

„Da muss ich nachdenken ... ich glaube, er ist im März oder im April dazugekommen."

„Dann kannten Sie ihn also gute drei Monate?"

Marco nickte. „Kann hinkommen."

„Da vertraut man sich doch so einiges an, denke ich. Was hat Stefan denn vorher gemacht? War er schon immer auf dem Bau tätig?"

Marco zog die Schultern hoch. „Keine Ahnung. Aber ich meine, dass er mir erzählt hat, dass er vor diesem Job hier auf Langeoog an einer Tanke in Aurich gearbeitet hat."

„Sie meinen an einer Tankstelle?"

„Ja, genau. In einer Waschstraße."

„Das erklärt die schönen Hände ...", sagte Enno mehr zu sich.

„Wie?"

„Ach nichts. Und sonst so? Seine persönlichen Verhältnisse? Eltern, Freundin? Hatte er jemand ganz Besonderen in seinem Leben?"

Marco fuhr sich durch die Haare. Dabei wurde sein Bizeps angespannt unter seinen gebräunten Oberarmen. Ach, dachte Enno, wenn ich noch einmal jung wäre, dann ginge ich auch auf den Bau. Am Schreibtisch, da sieht man doch immer aus wie ein jämmerlicher Waschlappen.

„Ich denke, wir sind noch zu jung für solche festen Beziehungen", sagte Marco dann und seufzte auf. „He, ich bin dreiundzwanzig, mein Leben liegt noch vor mir."

„Tja, aber das von Stefan ist nun vorbei ...".

„Ich weiß. Und das ist total Scheiße. Er war ein guter Kumpel, aber ich schwöre es beim Leben bei allem, was mir wichtig ist, ich habe nichts mit Stefans Tod zu tun."

„Sie waren ja auch zuhause in Ihrer Wohnung und hatten Kopfschmerzen", zitierte Enno Marcos Aussage vom Vortag.

„Ganz genau. Und wissen Sie was, ich wünschte, ich wäre mit Stefan zusammen gewesen an dem Abend. Dann würde er sicher noch leben. Kann ich jetzt gehen?“

Enno nickte. Für den Moment wollte er es erst einmal gut sein lassen. Er hatte jetzt genügend Stoff gesammelt, über den er sich nun erst einmal gründliche Gedanken machen musste.

Außerdem ging es auf die Mittagszeit zu und er bekam langsam Hunger. Und wie auf Kommando ging plötzlich die Tür auf und Jürgen kam herein.

„Du kommst wie gerufen“, sagte Enno, die Arme theatralisch in die Höhe reckend, „ich könnte jetzt was zwischen die Zähne gebrauchen.“

„Genau deshalb bin ich her“, stimmte Jürgen mit ein.

„Dann lass uns gehen ...“.

Etwa um dieselbe Zeit standen Eva und Robert ganz dicht aneinandergeschmiegt am Fähranleger in Bensersiel. Nur noch wenige Augenblicke, dann würde auch sie an Bord gehen müssen.

„Ich liebe dich“, flüsterte sie ihm zu und drückte sich ganz fest an seinen Oberkörper.

„Ich liebe dich auch“, erwiderte er. „Und bald komme ich nach.“

Es waren nur noch wenige Menschen, die sich nun auf den Weg zur Fähre machten.

„Du solltest jetzt gehen“, sagte Robert und schob sie sachte von sich.

Eva sah zu ihm auf. „Bis bald“, sagte sie.

Sie küssten sich ein letztes Mal, dann ging sie los.

Als die Fähre sich schließlich in Bewegung setzte, winkten sie sich noch einmal zu. Dann ging Robert zurück ins Fährhaus. Er hatte es ihr gesagt, dass er dann gehen müsste, weil er Abschiede nicht gut vertrug. Ihr ging es ähnlich und so suchte sie sich einen Platz auf dem Oberdeck und sah aufs Wasser. Doch für solch eine Einkehr war sie jetzt einfach zu aufgewühlt. Also zog sie die Zeitung aus ihrem Rucksack, die sie sich eben noch für die Überfahrt gekauft hatte.

Es war jemand auf Langeoog ermordet worden, las sie gleich auf der Titelseite. Ein junger Mann auf einer Baustelle. Brutal erschlagen und in einer Mischmaschine versteckt. Meine Güte, dachte Eva. Und fast bedauerte sie, jetzt hier auf der Fähre zu sitzen. Der Alltag, er holte sie nun wohl viel zu schnell wieder ein. Doch es gab jetzt keinen Weg mehr zurück. Und bestimmt würde der Kollege, der ihre Vertretung übernommen hatte, noch so lange bleiben, bis der Täter gefasst war. Sie jedenfalls brauchte noch etwas Zeit, um wieder ganz in Ostfriesland und vor allem bei der Arbeit anzukommen.

Also faltete sie die Zeitung zusammen und legte sie neben sich auf die Bank. Da war ihr der Blick auf die schaukelnden Wellen mit dem glitzernden Licht der Sonne doch wirklich lieber.

Erst, als sie die Umrisse von Langeoog erkannte, da kam doch etwas mehr Gefühl ins Spiel. Ja, sie hatte diese Insel, die zu ihrem Zuhause geworden war, doch mehr vermisst, als sie sich eingestehen wollte. Nein, sie wollte jetzt nicht weinen. Auch keine Freudentränen. Deshalb wischte sie sich hartnäckig unter den Augen entlang, bis der Moment verflogen war.

Beschwingter ging sie dann von Bord und mit dem Tross der vielen anderen Menschen zur Inselbahn. Ach, wie hatte sie dieses leicht ruckelnde Gefühl vermisst. Die vielen Gesichter, die sich auf einen schönen Urlaub freuten. Kinder, die vor Aufregung hin und her rannten und den Eltern tausend Fragen stellten. Ja, es war wirklich schön, wieder auf der Insel zu sein. Ihrem Sandhaufen. Aus dem Augenwinkel heraus warf sie noch einen Blick auf die Baustelle, wo der Mord geschehen sein musste.

Am Bahnhof angekommen spielte sie zuerst mit dem Gedanken, sich ein Fahrrad zu leihen und einfach ziellos über die Insel zu fahren. Sozusagen die Heimat wieder in sich aufnehmen. Doch dann entschied sie anders und lief direkt zu ihrer Wohnung.

Es war alles wie immer, als sie aufschloss. Selbst nach so vielen Monaten hing noch der gleiche Geruch in den Räumen. Aber was hatte sie auch erwartet. Nur der

Hausmeisterservice, den sie beauftragt hatte, hatte hin und wieder nach dem Rechten gesehen. Ansonsten lag alles noch genauso da, wie sie es im Frühjahr zurückgelassen hatte. Als Erstes öffnete sie alle Fenster, um den Sommer hereinzulassen.

Sie roch das Meer und beschloss, gleich einen ausgiebigen Spaziergang zu machen, wenn sie die wenigen Sachen, die sie in ihrem Rucksack mitgenommen hatte, ausgepackt hatte.

Jürgen hatte Enno nach dem Essen noch zu einem Kaffee und einem Stück Sahnetorte überreden können. Und nun saßen sie von einem leichten Völlegefühl geplagt in der Dienststelle, um auch noch einen Tee zu trinken. Und natürlich wollte Jürgen alle neuesten Entwicklungen über den Fall in Wort und Schrift wissen.

Während Enno also den Tee kochte, nahm Jürgen sich den Bericht der Gerichtsmedizin vor. Außerdem las er die noch im Entwurf von Enno verfassten Aussagen der Kollegen des Opfers. So, als sei es das Selbstverständlichste auf der Welt.

Enno beobachtete die Entwicklung mit einer gewissen Besorgnis aus dem Augenwinkel heraus, während er die Teeblätter in die Kanne füllte. Jürgen war schon ziemlich dreist, fand er. Was würde wohl noch alles kommen, wenn ich hier auf der Insel als Ermittler auf Dauer bliebe, fragte er sich und stellte sich vor, wie Jürgen bei ihm einzog und am Morgen als erster in die Dienststelle ging. Er hatte von anderen Kollegen in Wittmund ja schon die wildesten Gerüchte um Eva Sturm gehört. Und einiges schien wohl dran zu sein, denn auch mit ihr hatte Jürgen sich ziemlich heftig in die Polizeiermittlungen eingemischt.

„Ich denke, er lügt", sagte Jürgen jetzt und setzte eine ernste Miene auf, als Enno mit einem Tablett zu ihm an den Schreibtisch kam.

„Wer lügt?"

„Na, dieser Marco. Nie im Leben ist der an einem Freitagabend mit Kopfschmerzen zuhause geblieben. Selbst wenn es stimmt, dass sein Schädel brummte, dafür gibt es Tabletten."

„Du meinst also, dass er doch mit Stefan unterwegs gewesen ist? Ihn womöglich sogar erschlagen hat in der Nacht?"

„Naja, das müsste man ihm dann schon beweisen können. Ich meine, den Mord." Jürgen schenkte für beide Tee ein, als er glaubte, dass dieser genug gezogen hatte.

„Aber wie soll ich ihm das beweisen, wenn es keine Zeugen gibt", stöhnte Enno, weil er das Gefühl hatte, sich im Kreis zu drehen. Er hatte keine Lust, sich auch noch vor Jürgen erklären zu müssen, weil er in der Sache nicht weiterkam.

„Hast du denn schon mit dem Personal in allen Restaurants und Kneipen gesprochen?“, fragte Jürgen und machte ein wichtiges Gesicht.

„Mit allen sicher nicht“, gab Enno zu, „ich fange ja auch erst mit den Ermittlungen an. Aber beim Italiener, wo die beiden sich gestritten haben, da sind sie am Freitag wohl nicht gewesen, denke ich.“

„Denkst du?“

„He, was soll das eigentlich? Gibst du mir hier jetzt Nachhilfe in Polizeiarbeit oder was? Und wieso schnüffelst du in meinen Sachen herum?“

Als stünden die Akten plötzlich unter Strom, ließ Jürgen sie fallen und rieb sich die Hände. „Sorry, ich dachte, wir wären Freunde.“

Ach herrje, jetzt auch noch die beleidigte Leberwurst spielen, dachte Enno, das hatte ihm gerade noch gefehlt. „Tut mir leid, so war das nicht gemeint“, entschuldigte er sich. „Es ärgert mich nur, dass ich noch keine Erfolge vorzuweisen habe. Das ist alles.“

„He“, meinte Jürgen und klopfte ihm kumpelhaft auf die Schulter, „dafür hast du ja mich.“

Blödmann dachte Enno und sagte: „Ja, da hab ich als Landei wirklich Glück.“

Das war der Moment, wo Stille eintrat.

Und im nächsten Moment wurde sie dadurch wieder unterbrochen, dass die Tür aufging. Beide Männer sahen nun in die Richtung und vergaßen für einen Augenblick den dummen Streit.

Als Eva hereinkam, war es Jürgen, dem das Herz dann zuerst in die Hose sackte. Enno wusste da noch nicht, wer die Frau im dunkelroten Leinenkleid war.

Eva trat ein und blieb abrupt stehen, als sie Jürgen erkannte. Damit hatte sie nun wirklich nicht gerechnet. Wäre ich doch nur wieder zu meiner Wohnung zurückgegangen, ärgerte sie sich. Doch nun saß sie in der Falle.

„Eva“, stammelte Jürgen. „Ich wusste nicht, dass du ...“.

„Hallo Jürgen, schön dich zu sehen“, sagte sie und fing sich wieder. „Und du musst Enno sein“, wandte sie sich dann an den weiteren Mann, den sie bisher nur vom Namen kannte.

„Enno Kleen“, sagte er und stand auf, um ihr entgegenzugehen. „Freut mich, dass wir uns endlich mal kennenlernen. Am Telefon hatten wir glaube ich schon mal das Vergnügen.“

„Hallo Enno, ja, das kann sehr gut sein. Die Unterstützung der Kollegen in Wittmund ist für mich immer eine wertvolle Hilfe.“

Sie gaben sich die Hand.

„Ich habe von dem Mord gelesen“, fuhr sie fort, „als ich heute mit der Fähre zurück nach Langeoog kam. Deshalb dachte ich, es könnte hilfreich sein, wenn ich einfach mal vorbeischaue."

„Sicher", beeilte Enno sich, zu sagen, und bot ihr einen Stuhl an, den er vom Besuchertisch heranholte. Sie setzte sich.

„Möchtest du auch einen Tee?", fragte Jürgen, der langsam wieder Farbe bekam.

„Gerne", sagte Eva, „so kenne ich das ja von der gemütlichen Polizeiarbeit in Ostfriesland."

„War das in Schweden etwa anders?"

Sie dachte einen Moment nach. „Doch, irgendwie schon. Aber davon erzähle ich lieber ein andermal. Und jetzt möchte ich alles über den Mord wissen. Es geht um einen jungen Mann, nicht wahr?" Endlich nicht mehr über Persönliches sprechen, mehr wollte sie gar nicht.

Enno kam Jürgen zuvor und schilderte ihr, untermalt von Tatortfotos und Berichten, was sich in den letzten Tagen auf Langeoog zugetragen hatte. Während sie ihn dabei ansah, konnte Jürgen es nicht lassen. Er musterte sie ziemlich ungeniert von der Seite. Sie sieht wirklich sehr gut aus, dachte er. Immer noch. Nein, eigentlich sogar noch viel besser, als zu der Zeit, als sie hier auf die Insel gekommen war. Die Liebe schien ihr wirklich gutzutun.

Als Enno geendet hatte, nahm Eva die Fotos in die Hand und studierte sie ausgiebig. „Ist es eigentlich so einfach, einen Toten in eine Mischmaschine zu befördern?“, fragte sie und sah dabei weiter auf die Bilder. „Ich meine, der junge Mann muss einiges gewogen haben. Und durch die Öffnung passt er auch nur durch, wenn man ihn praktisch zusammenklappt.“

„Du meinst, es müssen mehrere Täter gewesen sein?“, schlussfolgerte Enno für sich.

Eva sah nun auf. „Ich weiß es nicht. Aber ich halte es schon für möglich. Auf jeden Fall gehe ich davon aus, dass diese Tat wohl kaum von einer einzigen Frau ausgeführt worden sein kann.“

„Eine Frau als Täterin haben wir im Moment auch gar nicht auf dem Schirm“, meinte Jürgen und klang fachmännisch.

„Ich versuche nur, die Möglichkeiten abzuwägen“, erwiderte Eva und das erste Mal sahen die beiden sich direkt in die Augen.

„Klar, sorry“, sagte er schnell.

„Schon gut. Du warst ja immer schon ein wenig vorlaut.“ Jetzt lachte sie und Enno stimmte mit einem fetten Grinsen mit ein.

„Der Punkt geht an dich“, lachte nun auch Jürgen.

Und plötzlich war die Stimmung zwischen den Dreien völlig unverkrampft und sie konnten sich wie alte Freunde unterhalten.

Eva las sich auch noch die Aussagen durch und dachte einen Moment über alles nach.

„Er war noch nicht lange auf dem Bau beschäftigt“, stellte sie fest.

„Es war laut der Aussage seines Freundes Marco überhaupt seine erste Beschäftigung in der Branche“, ergänzte Enno. Er war mächtig stolz darauf, mit der berühmten Ermittlerin zusammenarbeiten zu dürfen. Denn egal, was andere vielleicht über sie dachten. Er mochte sie und hatte großen Respekt vor ihrer Arbeit.

„Und dann kommt er schon bei der erstbesten Gelegenheit auf brutale Weise ums Leben“, fuhr Eva fort. „Ob es da einen Zusammenhang gibt?“ Sie griff nach ihrer Tasse, doch der Tee war bereits kalt geworden.

„Soll ich einen neuen machen?“, fragte Enno.

„Nein nein, kalt schmeckt er auch ganz gut.“

„Du denkst“, mischte sich jetzt Jürgen ein, „er wurde ermordet, weil er nun neuerdings auf dem Bau arbeitet?“

„Das wäre Unsinn“, erwiderte Eva und verzog das Gesicht, weil der Tee nicht nur kalt, sondern auch sehr bitter war. „Was ich eigentlich damit sagen möchte, ist, dass Stefan Kromminga vielleicht vor etwas davongelaufen ist. Ich meine, wer auf die Insel kommt, ist erst einmal aus der Schusslinie und für die Menschen auf dem Festland unsichtbar.“

„Das muss an Schweden liegen“, sagte Jürgen, „früher hast du nicht so wirre Theorien aufgestellt.“

Sie lachte und auch Enno schmunzelte dann, als er merkte, dass die beiden nur miteinander scherzten. Wie es alte Freunde eben manchmal taten.

„Ich finde das gar nicht so schlecht“, meinte Enno. „Eva hat schon recht. Vielleicht ist er hier auf Langeoog untergetaucht, weil ihm jemand an den Kragen wollte.“

„Aha“, machte Jürgen, „und dann hat der Spürhund ihn hier trotzdem auf Langeoog entdeckt und ihm den Schädel eingeschlagen.“

„Möglich wäre es“, erwiderte Eva.

„Das klingt nach Mafia“, meinte Enno und hatte das Gefühl, das erste Mal im Leben an einer echten Ermittlung beteiligt zu sein. In Wittmund war doch alles etwas langweiliger. Meistens saß er da nur am Schreibtisch und hackte auf einer alten Schreibmaschine herum, weil sich niemand dafür zuständig sah, das marode Ding zu entsorgen.

„Soweit würde ich jetzt nicht gehen“, meinte Eva. Sie fand Enno wirklich nett und kompetent. „Aber ich halte es für wichtig, dass wir das Leben von Stefan Kromminga bis ins kleinste Detail durchleuchten. Hier in der Aussage von Marco steht, dass er auf einer Tankstelle in Aurich gearbeitet haben soll. Ich könnte morgen rüber aufs Festland fahren und mich dort mal umhören.“

Es lag Jürgen auf den Lippen, sie zu fragen, ob er mitkommen sollte. So, wie in früheren Zeiten. Doch dann hielt er lieber den Mund. Sie hatte diesen Vorschlag ja eigentlich auch eher in Ennos Richtung vorgetragen.

„Gute Idee“, sagte dieser dann. „Und ich höre mich weiter auf der Insel um, ob irgendjemand Stefan Kromminga am Freitagabend gesehen hat.“

„Na gut.“ Eva erhob sich. „Dann will ich auch nicht länger stören. Ich muss in meiner Wohnung erst mal wieder richtig ankommen.“

„Hast du in Schweden denn alles erledigen können?“, fragte Jürgen, „ich meine deine privaten Sachen wegen deiner Mutter.“

„Doch, eigentlich schon. Das Haus, das ich geerbt habe, liegt in der Nähe eines Waldes nahe Ystad. Einfach wunderschön. Während ich in Deutschland bin, wohnt jetzt die Kollegin Maja Scoll darin, damit es nicht leer steht und verfällt. Sie ist eine wirklich hervorragende junge Ermittlerin.“

Jürgen merkte, dass sie vom Privaten sofort wieder aufs Dienstliche umschwenkte. Also fragte er gar nicht erst nach Robert. Er hatte den Ring an ihrem Finger sowieso längst bemerkt. Die beiden hatten also tatsächlich geheiratet. Dieser Mann musste wirklich etwas ganz Besonderes sein, wenn Eva diesen Schritt gegangen war. Er gönnte es ihr von Herzen, dass sie glücklich war. Irgendwie machte es auch ihn glücklich, sie so zu sehen.

Sie wünschten sich noch einen schönen Abend, und dann machte Eva sich auf den Weg. „Ich melde mich, sobald ich aus Aurich zurück bin", sagte sie.

Als die Männer wieder alleine waren, wagte keiner von beiden, über Eva zu sprechen. Enno nicht, weil er nicht in eine Falle tappen wollte, indem er sich verriet, wie sehr er Eva bewunderte. Und bei Jürgen war es eigentlich ähnlich.

Schließlich verließen auch sie das Büro und jeder ging an diesem ereignisreichen Tag seiner Wege.

Eva

Als es später dunkel wurde und Eva alleine war, da fühlte sie sich plötzlich richtig fremd in ihrer eigenen Wohnung. Es würde sicher noch eine Weile dauern, bis sie sich wieder an alles gewöhnt hatte. Und dann war da noch die Einsamkeit, die sie, seitdem sie mit Robert so glücklich war, empfand. Es war schön, ihn immer in der Nähe zu wissen.

Und ihr Vorschlag, am morgigen Tag mal nach Aurich zu fahren, war auch nicht ganz uneigennützig, denn sie würde auch bei Robert vorbeisehen. Und von diesem schönen Gedanken beseelt ging sie bald zu Bett und schlief schnell ein.

Am nächsten Morgen nahm sie die Fähre rüber zum Festland. Es war ein herrlicher Sommertag und die Menschen um sie herum waren bester Laune. Sie hatten eine schöne Zeit auf der Insel verbracht und konnten nun eine Menge erzählen.

Mittlerweile verstand Eva sehr gut, was die Menschen so an den Ostfriesischen Inseln faszinierte. Es war ganz sicher das Meer. Der weite Horizont, die fantastischen Bilder der untergehenden Sonne, wenn sie über dem Wasser versank. Und obwohl es oft sehr belebt war, so konnte doch jeder für sich das Gefühl entdecken, wie es ist, auf einer einsamen Insel zu sein. Besonders Frühaufsteher sehnten sich wohl danach, wenn sie mutterseelenallein am Strand entlang joggten, wenn alle anderen noch schliefen. Wasser war ein betörendes Element. Man konnte sich sehr daran berauschen. Die Freiheit fühlen, die man vielleicht manchmal im Alltag ein wenig vermisste. Das alles ging Eva durch den Kopf, als sie unterwegs war. Dann legte die Fähre in Bensersiel an.

Sie hatte Enno gebeten, ihr über einen Kollegen aus Wittmund einen Wagen zu organisieren, wenn sie ankam. Der junge Mann, der sich ihr kurz darauf vorstellte, händigte ihr einen Schlüssel zu einem Leihwagen aus und fuhr anschließend mit dem anderen Kollegen im Streifenwagen wieder weiter.

Als sie dann über die Landstraßen Richtung Aurich fuhr, da fand sie die Umgebung zwar auch sehr schön, doch es fehlte ihr die Weite, die sie in Schweden empfunden hatte. Sie wunderte sich darüber, wie sehr man doch mit einem völlig fremden Land verwachsen konnte. Dann kam sie in Aurich an und fand auch schnell die Tankstelle, wo Stefan Kromminga gearbeitet hatte. Sie parkte etwas abseits, um andere nicht zu behindern, und ging dann ins Gebäude, das mit den Tankstellen von früher nun wirklich nichts mehr gemein hatte. Es war praktisch ein Einkaufscenter mit einem Café in einer Ecke. Tanken wurde hier wohl wirklich zur Nebensache. Sogar ein

Postshop war hier eingezogen, seitdem Eva das letzte Mal hier gewesen war.

Sie ging zur Kasse und stellte sich vor. „Eva Sturm, Kriminalpolizei. Ich bin wegen Stefan Kromminga hier“, sagte sie zu dem jungen Mann im karierten Hemd. „Er soll hier gearbeitet haben.“

„Sorry“, sagte dieser, „ich bin erst seit einer Woche hier. Da muss ich wohl meinen Chef holen, Moment.“

Während Eva wartete, spielte sie tatsächlich mit dem Gedanken, sich einen Kaffee zu bestellen. Und auch der Kuchen in der Auslage wirkte sehr einladend, denn sie hatte heute Morgen nichts gefrühstückt.

„Sind Sie Eva Sturm?“

Sie drehte sich um. Vor ihr stand ein großgewachsener Mann in den Vierzigern. Er war schlank und trug einen Dreitagebart, was ihm einen verwegenen Charme verlieh. Er gefiel ihr auf Anhieb und sie bestätigte seine Frage mit einem Lächeln.

„Es geht wohl um Stefan?“

Sie nickte. „Ja, das stimmt. Er hat hier gearbeitet?“

„Das ist richtig. Ein paar Monate. Er hat sich um die Waschanlage gekümmert.“

„War das ein Fulltimejob?“

„Hm. Naja, wegen mir hätte er das gerne Vollzeit machen können. Er war wirklich fix und hat es verstanden, die Stammkundschaft auszubauen.“

„Es schwingt ein Aber mit …“.

„Ja, leider wollte er nur in Teilzeit arbeiten, bis er dann wieder ganz aufgehört hat, um auf den Bau zu gehen.“ Jetzt grinste er und kleine Grübchen bildeten sich in seinen Wangen.

„Trauten Sie ihm die Arbeit auf dem Bau nicht zu?“

„Doch. Schon. Aber wieso reden Sie in der Vergangenheitsform von Stefan? Ist etwas passiert?“

Das war der Zeitpunkt, wo Eva die Sache ernster angehen wollte. „Können wir uns vielleicht irgendwo ungestört unterhalten?“

„Sicher“, nickte er und Besorgnis lag in seinem Blick. „Da hinten ist ein Pausenraum.“ Er zeigte in die entgegengesetzte Richtung und ging voraus.

Sie setzten sich an einen dunklen Tisch mit einfachen Stühlen, als er die Tür geschlossen hatte. Die plötzliche Ruhe wirkte bedrückend.

„Stefan Kromminga ist ermordet worden“, sagte Eva, „deshalb bin ich hier.“

„Oh mein Gott.“ Der Mann griff sich ans Kinn. „Ermordet? Aber warum?“

„Tja, das versuchen wir gerade herauszufinden.“

„Aber wo?“

„Auf Langeoog. Auf der Baustelle.“

„Ich hab ja immer zu ihm gesagt, dass er damit einen Fehler macht.“

„Sie meinen, wenn er auf den Bau geht? Oder meinen Sie die Insel?“

„Ach, eigentlich beides. Aber er ließ sich einfach nicht davon abbringen. Ich habe ihm sogar noch einmal angeboten, ihn fest einzustellen und sein Gehalt nicht unerheblich zu erhöhen. Doch er wollte einfach nicht.“

Das ist seltsam, dachte Eva. Sie wusste, dass er auf dem Bau als Helfer nicht gerade viel verdient hatte. Warum also war es für ihn so wichtig gewesen, dass er einen lukrativeren Job ausschlug? Irgendwie bekam sie langsam das Gefühl, hier wirklich auf der richtigen Spur zu sein.

„Hat er dafür eine plausible Erklärung abgegeben?“

„Nein.“ Er schüttelte bedauernd mit dem Kopf.

„Wissen Sie, ob er hier noch eine Wohnung hat?“

„Eine eigene Wohnung nicht, er hat bei seiner Mutter gewohnt.“

„Kennen Sie die Adresse?“

„Sicher. Ich kann sie Ihnen aufschreiben.“

„Das wäre nett.“

Er stand auf und holte Papier und Stift von einem anderen Tisch und notierte etwas für sie.

„Danke“, sagte Eva und schob den Zettel in ihre Jackentasche. „Was können Sie mir noch über Stefan sagen? Hatte er viele Freunde? Oder einen bestimmten Kollegen, mit dem er sich gut verstand?“

„Hm. Nein, eigentlich nicht. Wenn er da war, dann hatte er immer gut zu tun. Wissen Sie, die Menschen lieben ihre Autos und möchten, dass sie immer blitzen. Da blieb für Stefan während seines Midijobs nicht viel Zeit für große Freundschaften, wenn Sie verstehen."

„Sicher. Er war ja auch nicht lange hier, wie Sie sagen."

„Nein."

„Na gut, Sie haben mir sehr geholfen."

„Möchten Sie vielleicht noch einen Kaffee trinken?"

„Ach, da sage ich nicht sein", erwiderte Eva, „aber dazu setze ich mich dann doch wieder vorne ins Café."

„Kein Problem, ich serviere ihn gleich."

Sie gingen zurück in den Laden, wo sie wieder Stimmengewirr umfing. Eva setzte sich an einen freien Bistrotisch und sah aus dem Fenster. Eine lange Schlange hatte sich vor der Waschanlage gebildet. Sie hatte noch nie verstanden, warum die Menschen um einen Haufen Blech so ein Aufhebens machten.

Als könne er Gedanken lesen, brachte der Tankstellenbesitzer ihr kurz darauf einen Kaffe und ein Stück Sahnetorte an den Tisch.

„Danke", sagte sie, „was bin ich ihnen schuldig?"

„Das übernehme ich", sagte er, „bitte finden Sie den Mörder von Stefan. Und wenn ich noch irgendwie helfen kann, dann gerne."

„Okay", sagte sie, „ich finde ihn."

Er ging wieder an seine Arbeit und sie aß ein erstes Stück von ihrem Kuchen. Das tat auch der Seele gut. Sie beschloss, gleich erst zu der Mutter von Stefan zu fahren, die am Rande von Aurich in Sandhorst wohnte, und dann würde sie endlich zu Robert fahren. Er wusste noch nichts von seinem Glück und bei dem Gedanken, ihn damit zu überraschen, huschte ein Lächeln über ihr Gesicht.
Es war ein älteres Bauernhaus und das erste, was Eva ins Auge fiel, war der verwilderte Garten. So jedenfalls würden das viele Menschen bezeichnen, die ihren Rasen mit der Nagelschere bearbeiteten. Eva hingegen war geradezu fasziniert von den vielen Wildblumen in den schönsten Farben, auf denen sich die Insekten tummelten. Dazu hohe Büsche, die einem kleinen Teich Schatten spendeten. Es war gar nicht mehr so leicht, den schmiedeeisernen Zaun auszumachen, wo praktisch nur noch das Eingangstor soweit von Pflanzen befreit war, damit man noch auf das Grundstück gelangen konnte. Die Auffahrt war ebenfalls von einem zweiflügeligen Tor verschlossen, also stellte sie ihren Wagen an der Straße ab und ging durch das Tor, das zur Haustür führte. Auf dem Weg dorthin konnte sie sich gar nicht sattsehen an den vielen verschiedenen Blüh- und Grünpflanzen. Und plötzlich sah es auch gar nicht mehr verwildert aus, denn eine gewisse Ordnung in der Bepflanzung gab es schon. Es gab auf der einen Seite viele Wildblumen, dann Bodendecker oder Sträucher.

„Suchen Sie jemanden?“, fragte plötzlich eine Frauenstimme, und eine Gestalt trat hinter einer hochgewachsenen Thuja, die den halben Hauseingang verdeckte, hervor. Die Frau war vom Alter her schwer einzuschätzen, weil sie wie ein Hippie gekleidet und ihr dickes dunkles Haar zu Zöpfen geflochten war. Ihr Teint war von der Sonne gebräunt und sie wirkte auf Eva wie eine Frau, die sich viel mit der Naturmedizin beschäftigte.

„Mein Name ist Eva Sturm“, stellte sich Eva vor. „Ich arbeite als Ermittlerin auf Langeoog.“

„Geht es um Stefan?“, fragte sie sofort alarmiert.

„Darf ich bitte kurz reinkommen?“, fragte Eva. Vor ihr lag jetzt die schwere Aufgabe, einer Mutter von dem Tod ihres jungen Sohnes zu berichten. Denn dass sie die Mutter war, daran hatte sie nicht den geringsten Zweifel. Sie hatte den Schmerz in ihren Augen gelesen. Das war nie leicht. Enno hatte bisher vergeblich versucht gehabt, Hinterbliebene ausfindig zu machen, weil die Datenbanken da nichts hergegeben hatten.

„Sicher“, sagte die Frau und gab jeden Widerstand auf. Die Angst um ihr einziges Kind steckte ihr in den Knien, als sie ins Haus vorausging und Eva in eine helle große Küche führte. Die Fenster standen alle offen und auch nach hinten raus war der Garten üppig und dicht bewachsen. Es roch nach Lavendel und Rosen. „Bitte, setzen Sie sich doch.“ Die Frau wies auf einen verschnörkelten weiß gestrichenen antiken Holzstuhl und blieb selber an der Küchenanrichte stehen.

Eva setzte sich und bat sie mit einem Nicken, sich doch auch lieber zu setzen. Sie tat es dann auch, weil sie ahnte, was jetzt kam. So einen Besuch der Kriminalpolizei ereilte doch immer nur Menschen, die jemanden auf gewaltsame Weise verloren hatten.

„Ich muss Ihnen leider eine traurige Mitteilung machen“, setzte Eva an, als auch schon die ersten Tränen über das Gesicht der Frau liefen. „Man hat Stefan tot auf der Baustelle gefunden, wo er zuletzt gearbeitet hat.“ Sie ließ der Mutter jetzt Zeit, die Nachricht zu verarbeiten.

Die Frau sah Eva weiter aus glasigen Augen an. Immer mehr Tränen liefen über ihr Gesicht und tropften mit einem leisen kaum wahrnehmbaren Geräusch auf den Holztisch, um dort miteinander zu verlaufen.

„Es tut mir sehr leid“, sagte Eva, „wir konnten Sie leider nicht eher informieren, weil wir die Adresse auf dem Festland von Stefan nicht kannten.“

„Nun haben Sie mich ja gefunden“, schluchzte die Frau.

„Ich war auf der Tankstelle ...“.

Die Frau nickte. „Wie?“

Eva hatte einen dicken Kloß im Hals, als sie dann in vorsichtigen Schritten von den Details berichtete. Ihr Gegenüber nahm alles in stoischer Ruhe auf und hin und wieder wischte sie sich übers Gesicht.

„Ich habe ihm gesagt, dass er es lassen soll ...“.

Eva stutzte. „Wie meinen Sie das?“, hakte sie nach.

Die Mutter nahm ein Taschentuch aus einer Box und schnäuzte sich. Sie rieb sich mit den Fingern über die Augen. „Ach, nicht so wichtig.“

„Vielleicht doch. Möchten Sie mir nicht sagen, was Sie denken? Wir versuchen den Täter zu finden, der Stefan ermordet hat. Er soll seine Strafe bekommen.“

„Davon wird Stefan doch auch nicht wieder lebendig.“

„Ich weiß ...“. Das war das typische Totschlagargument und Eva verstand, warum sie das sagte. Egal, was jetzt noch passierte. Ihr Sohn Stefan war tot. „Er war Ihr einziges Kind?“

Sie nickte.

„Warum ist er denn überhaupt auf den Bau gegangen? Der Tankstellenbesitzer sagte mir, dass er ihm angeboten hatte, für einen noch höheren Lohn ganztags dort in der Waschstraße arbeiten zu können. Wieso hat Ihr Sohn das abgelehnt, um auf die Insel zu gehen? Das macht doch überhaupt keinen Sinn.“

Die Mutter atmete hörbar aus und seufzte. „Für Sie vielleicht nicht ...“.

„Nein, ich verstehe es leider wirklich nicht“, gab Eva zu.

„Möchten Sie einen Kräutertee? Ich könnte schonen einen vertragen.“

Eva nickte. „Gerne.“ Sie weicht mir aus, dachte sie. Oder vielleicht braucht sie auch nur noch ein bisschen Zeit, um über alles sprechen zu können. Sie sah der Mutter jetzt dabei zu, wie sie Wasser aufsetzte und Beutel in zwei Becher hängte. Alles hier in diesem Haus wirkte so friedlich. Und dann die Stimmen der Vögel von draußen. Ein Paradies, in das jetzt die Trauer einkehren würde. Fast kam Eva sich wie ein Eindringling in einer anderen fernen Welt vor, deren Glück sie nun mit ein paar Worten zerstört hatte.

Das Wasser kochte, die Mutter goss es auf und kam mit den Bechern an den Tisch zurück. „Ich heiße übrigens Melanie.“

„Eva.“

„Ja“, sagte Melanie gedehnt, „ich hätte es ihm wirklich ausreden sollen. Doch ich habe meinen Sohn wohl selber so erzogen.“

„Wie meinen Sie ... ich meine, wie meinst du das?“ Eva empfand ein gewisses Unbehagen dabei, die Mutter eines Mordopfers zu duzen. Doch in diesem Haus war wohl wirklich alles anders. Es standen nirgendwo ein Fernseher, Spielekonsole, Radio oder sonstiges Gerät herum, das sich in anderen Häusern mittlerweile förmlich stapelte.

„Stefan ist auf die Insel gegangen, um dort den Bau zu verhindern.“

Eva zog die Stirn kraus. „Du meinst das neue Hotel?“

Melanie nickte.

Nun verstand Eva gar nichts mehr. Wie sollte man einen Bau verhindern, an dem man selber mitwirkte?

„Das klingt jetzt sicher etwas sonderbar“, fuhr Melanie fort, „aber Stefan war genau aus dem Grunde als Bauhelfer nach Langeoog gegangen. Er liebt die Natur genauso wie ich. Er wollte verhindern, dass noch ein weiterer Touristenklotz die Insel verschandelt. Man müsste doch eigentlich das Gegenteil machen, oder etwa nicht? Das Weltnaturerbe muss doch geschützt werden vor solchen Immobilienhaien.“

Es blitzte kampfeslustig in Melanies Augen. Und wenn Stefan auch nur ansatzweise so gedacht hatte, wie seine Mutter, dann wurde Eva jetzt einiges klar. Stefan hatte sich auf der Insel ganz bestimmt keine Freunde gemacht mit seinen Ansichten. Aber hatte er wirklich davon erzählt? Wohl kaum. Dann hätte ihn Wilfried Block ganz sicher nicht eingestellt. Was also steckte tatsächlich dahinter?

„Ich verstehe noch nicht so ganz, wie er den Bau verhindern wollte“, sagte Eva vorsichtig.

Melanie nahm ihren Becher zwischen beide Hände und ließ ihren Blick nach draußen schweifen. „Siehst du das?“, fragte sie. „All diese Pflanzen und Tiere, wenn das so weitergeht, dann wird es sie irgendwann nicht mehr geben.“

Eva folgte ihrem Blick und ja, es war wirklich faszinierend, in welcher Harmonie das Leben dort draußen vor dem Fenster ablief. Die Apfelbäume hingen voller Früchte und Vögel saßen darin und zwitscherten lautstark. So, als schrien sie das Glück, hier in den Garten von Melanie und ihrem Sohn gefunden zu haben, geradezu in die Welt. Und sicher stimmte es auch, dass die Natur und das Leben darin sehr unter dem Egoismus der Menschen zu leiden hatte. Sie hatte, als sie aus Schweden zurückkehrte, zunächst auch den Kopf über den Rohbau geschüttelt, als sie von der Fähre kam. Natürlich brachten Touristen das Geld auf die Insel. Aber musste sie deshalb wirklich bis zur Unkenntlichkeit verschandelt werden?

„Wie wollte er den Bau des Hotels verhindern?“, hakte Eva noch einmal nach und holte Melanie damit in die Küche und die traurige Realität zurück.

„Wir haben uns vor Jahren einer Gruppe von Umweltaktivisten angeschlossen“, sagte Melanie. „Unser Ziel ist es, die Natur und die Artenvielfalt von Pflanzen und Tieren zu retten.“

„Verstehe. Doch ich glaube ehrlich gesagt, der Bau ist schon viel zu weit fortgeschritten, als dass sich da noch etwas ändern ließe.“

„Mag sein“, Melanie klang keineswegs resigniert, „aber trotzdem wollten wir den Bauherrn verklagen. Unser Traum war ein Grundsatzurteil, dass es zukünftig verhindern würde, das Großbauten dort entstehen, wo sie nichts zu suchen haben. So zum Beispiel auf unseren Ostfriesischen Inseln. Es muss doch irgendwann mal Schluss sein mit dieser Ausbeute von Lebensraum für die Tiere und die Natur.“ Sie meinte es wirklich bitterernst.

„Wirklich, ich stimme dir da in dem Punkt zu. Doch die Entscheidungen treffen eben andere.“

„Es sind die falschen Entscheidungen. Und Stefan wollte Beweismaterial während der Bauphase sammeln für die Klage.“

„Beweismaterial? Das hört sich an, als beginge der Bauherr dort eine Straftat“, gab Eva zu bedenken.

„In unseren Augen ist es auch ein Verbrechen, so ein großes Hotel dort aufzuziehen. Natürlich war es uns bewusst, dass bei so einer Klage Jahre ins Land ziehen können. Aber ich bin mir sicher, dass die Presse darüber berichtet hätte. Vielleicht hätte das wenigstens dazu geführt, dass weitere Bauten auf den Inseln erst gar nicht in Angriff genommen worden wären. Wenigstens das.“

„Hat er seinen Kollegen auf dem Bau davon erzählt?“, fragte Eva, „ich meine von seinen Plänen, den Bau zu stoppen?“ Es konnte ja durchaus sein, dass der eine oder andere dann Angst um seinen Arbeitsplatz bekommen hätte.

„Das kann ich ehrlich gesagt nicht beantworten“, gab Melanie zu. „Eigentlich wollten wir alles geheim halten, bis wir die Klage eingereicht hätten. Aber es kann natürlich schon sein, dass er zumindest seinem besten Freund davon berichtet hat. Dafür lege ich meine Hand nicht ins Feuer. Stefan war vielen Menschen offen zugewandt. Vielleicht ist ihm das zum Verhängnis geworden."

„Dürfte ich mich vielleicht mal in Stefans Zimmer umsehen?"

„Natürlich. Komm, ich zeig es dir."

Die Wände waren in Meeresblau gestrichen und Bilder, die Naturlandschaften und die hohe See in den schönsten Farben zeigten, reihten sich aneinander. Keine Frage, Stefan hatte die Natur geradezu verehrt. Es musste ihm sehr zu Herzen gegangen sein, wie sich im Laufe der Zeit alles veränderte. Und das ganz bestimmt nicht zum Guten. Auf seinem Schreibtisch stapelten sich Zeitschriften, die von Tieren und deren Lebensräumen berichteten. So, wie es einmal war. Und dann auf der anderen Seite die Aufklärung über deren Zerstörung.

„Unsere Umweltorganisation bringt regelmäßig eine Zeitschrift heraus", erklärte Melanie. „Manchmal hat Stefan geweint, wenn er von dem Schicksal der bedrohten Tiere gelesen hat." Sie seufzte auf. „Das hat er schon als kleiner Junge gemacht. Wenn andere Kinder Tiere zum Spaß zertreten haben, dann hat er geweint und es mir erzählt."

„Wie tröstet man so ein Kind?", fragte Eva bedrückt.

„Das war nie leicht. Aber ich habe ihm gesagt, dass es wichtig ist, dass es Menschen wie uns gibt, die den Tieren helfen und für sie kämpfen."

Ein Kampf gegen Windmühlen, dachte Eva. Doch sie sagte es nicht. Menschen wie Melanie und ihr Sohn, sie hatten Respekt verdient. Sie opferten sich geradezu auf, um die Welt zu retten. Aber wie sollte sie jetzt den Mörder von Stefan finden? Ob es doch Marco gewesen war, der ihn brutal erschlagen hatte? Und das alles nur für einen blöden Job auf dem Bau?

„Er hatte keinen Computer?"

Melanie schüttelte mit dem Kopf. „Keinen eigenen jedenfalls. Ich habe einen im Wohnzimmer. Aber wir nutzen ihn eigentlich nur in Ausnahmefällen. Eigentlich lehnen wir es ab, so viel unnötige Energie zu verbrauchen. Wir haben auch kein Handy oder so. Aber hin und wieder, das gebe ich zu, muss man doch mit anderen in Kontakt treten. Und heutzutage läuft eben alles über das Internet."

„Das stimmt wohl", sagte Eva und fühlte sich irgendwie unbehaglich. Gehörte sie in Melanies Augen auch zu den Umweltzerstörern? Vermutlich war es so. Sie blätterte in einer Zeitschrift und ja, die Bilder von verendeten Delfinen in Fangnetzen waren wirklich verstörend. Sie gingen ans Herz. Und sicher, dachte sie, es ist richtig, wenn man sich damit beschäftigt. Aber Stefan schien schon als kleiner Junge von Melanie regelrecht damit terrorisiert worden zu sein, und das wiederum war für keine Kinderseele gut. Aber das stand auf einem anderen Blatt und ging sie letztendlich auch nichts an. Andere schlugen ihre Kinder und zogen sie zu brutalen Menschen auf. Auch das war nicht besser. Eher im Gegenteil. „Gibt es einen bestimmten Kontakt, an den Stefan sich in erster Linie bei den Umweltschützern gewandt hat?"

Melanie dachte einen Moment nach. „Nein, eigentlich nicht. Oder warte mal, vielleicht Janna. Sie wohnt auch in Aurich und gehört der Organisation schon länger an und arbeitet hin und wieder an Reportagen für das Magazin. Mit ihr hat Stefan sich immer sehr gut verstanden."

„Hast du ihre Adresse?"

„Natürlich. Ich schreibe sie dir auf."

Als Eva wieder im Wagen saß, dachte sie zuerst daran, gleich weiter zur Wohnung von Janna Winter zu fahren. Doch die Sehnsucht nach Robert führte sie schlussendlich doch zunächst einmal nach Tannenhausen.

Robert hatte sich nach dem Essen aufs Sofa gelegt und wunderte sich, als er draußen einen Wagen hörte. Die Post musste eigentlich schon durch sein. Und weil es ihn eben doch interessierte, wer da draußen war, stand er auf und ging ans Fenster. Ein blauer Wagen, den er nicht kannte. Erst, als die Fahrertür geöffnet wurde und jemand ausstieg, erkannte er, dass es Eva war. War etwas passiert? Schnell ging er zur Tür.

„Hallo Robert", rief Eva, als sie ihn sah. „Ich hoffe, die Überraschung ist mir gelungen."

„In der Tat." Er registrierte, dass sie sehr fröhlich klang. Also konnte es keinen unschönen Grund dafür geben, warum sie hier war. „Ich freue mich sehr, dich zu sehen. Aber …".

„Ich hatte in der Nähe zu tun", erklärte sie und gab ihm einen Kuss auf den Mund, als sie ihn erreichte. „Es gibt einen Mordfall auf Langeoog."

„Tatsächlich? Gleich, nachdem du ankamst, wurde jemand ermordet?"

„Nein, das nicht", sie lachte, „aber", fuhr sie dann ernster werdend fort, „vor ein paar Tagen wurde ein junger Mann auf einer neuen Baustelle ermordet. Ich habe eben seine Mutter aufgsucht und ihr die schlechte Nachricht überbracht."

„Oh je. Das war sicher nicht leicht. Komm doch rein, ich mache uns einen Tee."

„Das klingt gut."

Eva folgte ihm ins Haus. Ja, hier fühlte sie sich gleich wieder wie zuhause. Sie legte ihre Jacke über den Stuhl und streifte die Schuhe ab. Dann setzte sie sich aufs Sofa. Die zerwühlte Decke sagte ihr, dass Robert wohl bis eben hier geschlafen hatte. Sie nahm sie und drückte sie an sich, um seinen Geruch aufzunehmen. Sie hörte, wie Robert Tassen und alles Weitere auf ein Tablett stellte. Sicher hatte er auch Kekse besorgt, weil beim letzten Mal keine mehr da gewesen waren. Robert war immer darauf bedacht, dass sie sich wohl fühlte.

„Bleibst du denn länger hier?“, fragte er, als er zu ihr ins Wohnzimmer kam. Es standen tatsächlich Kekse auf dem Tablett.

„Nein“, erwiderte sie mit Bedauern in der Stimme, „ich kann nur zum Tee bleiben. Gleich werde ich noch eine weitere Zeugin befragen müssen, eine Freundin des Opfers, und dann muss ich zurück auf die Insel, um Enno weiter bei seinen Ermittlungen zu unterstützen.“

„Oh, das ist ja schade.“ Er setzte sich zu ihr und schenkte für beide ein. Es knisterte, als der heiße Tee auf den Kandis traf.

„Ich würde auch wirklich länger bleiben“, sagte sie und nahm die Tasse in die Hand, „doch so, wie es aussieht, hat mir die Mutter einen entscheidenden Hinweis auf den möglichen Täter geliefert. Da muss ich einfach zurück.“

„Aber natürlich“, pflichtete er ihr bei.

Sie erzählte ihm von ihren ersten Eindrücken, nachdem sie auf Langeoog zurückgekehrt war. Und auch, dass er ihr dort sehr fehlte, ließ sie nicht unerwähnt. Dann ging sie weiter bei dem Mordfall ins Detail. Robert hörte ihr geduldig zu, so, wie er es immer tat. Doch in Gedanken war er ganz woanders. Als er vorhin auf dem Sofa eingeschlafen war, hatte er einen bösen Traum gehabt. Er hatte vom Tod geträumt, und zwar von seinem eigenen. Es war ein ziemlich kaltes Gefühl gewesen, sich selber auf einem Obduktionstisch liegen zu sehen. Diese Bilder konnte er nicht so einfach wieder abschütteln.

„Ist etwas mit dir?“, fragte Eva, als sie seine bedrückend wirkende Schweigsamkeit nicht mehr als etwas Vorrübergehendes registrierte.

„Nein, es ist alles gut“, sagte er und lächelte nun sogar, um sie zu beruhigen. „Es liegt wohl daran, dass ich eben ziemlich tief geschlafen habe.“

„Ja, das kenne ich. Wenn man zu lange schläft, dann fällt es einem manchmal schwer, wieder so richtig wach zu werden. Du kannst dich ja gleich nochmal hinlegen, wenn ich wieder losfahre.“

„Nein, das muss nicht sein. Ich werde gleich noch einen ausgiebigen Spaziergang im Wald machen.“

„Das wird dir sicher gut tun.“ Sie schmiegte sich an ihn und schloss für einen Augenblick die Augen. Sie wollte ganz viel von diesem schönen Moment mitnehmen.

Die Wohnung von Janna Winter lag in einem Mehrfamilienhaus im zweiten Stock und sie öffnete gleich nach dem ersten Klingeln.

„Ja bitte?“

Eva stellte sich vor und sofort verfinsterte sich der Blick der jungen Frau, die Eva auf etwa Mitte dreißig schätzte. Sie war sehr schlank und einige würde das sicher mager nennen. Diese Statur und die Größe sowie die großen blauen Augen in dem feingeschnittenen Gesicht verliehen ihr eine gewisse nordische Kühle, die Frauen mit vielen Geheimnissen charakterisierte.

„Kommen Sie doch herein“, sagte Janna Winter, als sie hörte, dass es um Stefan Kromminga ging.

Sie setzten sich in der Küche an einen weißen runden Tisch.

„Wann haben Sie Stefan Kromminga das letzte Mal gesehen?“, fragte Eva nun und bemerkte, wie Janna Winter nach einer Zigarettenschachtel, die auf der Küchenspüle lag, schielte.

„Ich weiß nicht“, erwiderte sie, „das könnte so gute zwei Wochen her sein, denke ich. Was ist denn mit Stefan? Wieso hat er mit der Polizei zu tun?“

Eva spürte, dass sie diese Frage zwar stellte, aber nicht im Geringsten überrascht war, dass Stefan Kromminga ins Visier der Polizei geraten war. Bereits seine Mutter hatte ihr berichtet, dass es hin und wieder zu Anzeigen und kurzzeitigen Festnahmen gekommen war, wenn er mit den Aktivisten demonstriert hatte.

„Es tut mir sehr leid, Ihnen das sagen zu müssen“, sagte Eva nun, „aber Stefan ist ermordet worden.“

Nun entglitten Janna Winter sämtliche Gesichtszüge und sie wurde blass. „Ermordet? Stefan?“ Sie fasste sich an die Brust. Ihr Oberkörper zitterte leicht.

„Soll ich Ihnen ein Glas Wasser holen?“, fragte Eva besorgt. Die Nachricht schien ihr wirklich sehr nahe zu gehen.

„Nein.“ Janna Winter schüttelte mit dem Kopf.

„Sie gehören auch zu dieser Umweltorganisation, der sich auch Stefan angschlossen hatte, richtig?“

Janna Winter zog die Brauen hoch. „Was hat das damit zu tun ...?“.

„Nun, das kann ich noch nicht konkret sagen. Ich war vorhin bei der Mutter des Opfers. Sie hat mir von dieser Gruppe berichtet und auch, dass Sie ebenfalls dort mitgemacht haben und mit Stefan ziemlich gut befreundet waren.“

„Befreundet hat sie gesagt?“

Eva nickte.

„Tja, so kann man das wohl auch sagen.“

„War es denn nicht so?“

„Wir waren ein Paar“, sagte Janna Winter, „schon seit einigen Monaten. Doch Stefan hat seiner Mutter anscheinend nichts davon erzählt.“

„Macht es Ihnen etwas aus?“

„Nein, eigentlich nicht. Er wollte sich ja auch endlich von ihr abnabeln, vielleicht hat er es deshalb für sich behalten. Seine Mutter kann ziemlich besitzergreifend sein."

„Also war das Verhältnis zwischen Stefan und seiner Mutter gar nicht so gut?"

Janna Winter seufzte auf. „Was heißt schon gut?", stellte sie eine Gegenfrage, „sicher hat er seiner Mutter viel zu verdanken. Sie hat ihn praktisch alleine großgezogen und vieles für ihn geopfert. Aber Stefan war fünfundzwanzig. Da muss man doch nicht mehr ständig von seiner Mutter kontrolliert werden, oder?"

„Was meinen Sie mit kontrolliert? Ich verstehe nicht ganz."

„Sie wollte einfach alles von ihm wissen", fuhr Janna Winter fort, „mit wem er spricht, wo er hingeht und wie spät er nach Hause kommt."

„Vielleicht hat sie sich Sorgen gemacht …".

„Sorgen? Nicht Melanie. Sie ist eine große Verfechterin der Freiheitsliebe, aber nicht, wenn es um Stefan ging. Er musste über jeden seiner Schritte Bericht abgeben."

„Wie würden Sie das Verhältnis zwischen den beiden denn beschreiben?"

„Hm, auf jeden Fall gestört, wenn Sie mich fragen. Wir wollten uns bald zusammen ein größeres Bauernhaus mieten. Doch daraus wird jetzt wohl nichts mehr." Tränen liefen lautlos über ihre Wangen.

Eva musterte die junge Frau. Sie war gute zehn Jahre älter als Stefan. Ob sie die nächste Frau in seinem Leben gewesen wäre, die alles kontrollierte? Suchte er sich unbewusst wieder jemanden, der dem Typus seiner Mutter entsprach? Und was war, wenn Melanie doch herausgefunden hatte, dass Stefan mit Janna zusammen war, und sogar Pläne schmiedete bei ihr auszuziehen und auf Distanz zu gehen? Hätte es sie in eine derart große Krise führen können, indem der Mord ihres eigenen Kindes der letzte Ausweg gewesen wäre? Es liefen plötzlich viele Bilder und Gedanken durch Evas Kopf. Vielleicht gab es noch viel mehr potenzielle Mörder, als sie geahnt hatte. Und selbst Janna Winter, die jetzt vor ihr saß und wie die traurigste Frau der Welt wirkte, auch sie konnte etwas mit Stefans Tod zu tun gehabt haben, wenn sie gelogen hatte. Vielleicht hatte Stefan sich doch entschlossen, bei seiner Mutter zu bleiben und sich von Janna zu trennen. Wäre sie fähig gewesen, ihn deshalb wegen ihrer verletzten Gefühle zu ermorden?

„Wenn Sie ein Paar waren, wie Sie sagen“, fuhr Eva fort, „wieso haben Sie sich dann die letzten vierzehn Tage nicht gesehen?“

„Na, weil das zu riskant gewesen wäre für unser Projekt“, erwiderte Janna Winter sofort. „Seine Mutter hat Ihnen doch sicher von der geplanten Klage gegen den Protzbau auf Langeoog erzählt.“

Eva nickte dazu.

„Nun, deshalb erschien es uns zu riskant, wenn ich zu Stefan nach Langeoog fahre. Es wäre sicher nicht gut gewesen, hätte man uns zusammen dort gesehen. Es sollte ja nicht bekannt werden, warum er auf dem Bau angeheuert hatte. Und er selber konnte ja nicht da weg, weil die praktisch die ganze Woche durchgearbeitet haben. Aber wir haben öfter miteinander telefoniert."

„Verstehe." Eva fand, das klang durchaus plausibel. „Hat Ihnen Stefan denn Details über den Bau zukommen lassen? Vielleicht per Mail oder SMS?"

Sie schüttelte mit dem Kopf. „Nein, so arbeiten wir nicht. Das Netz ist nicht sicher, wissen Sie."

„Aha", sagte Eva und dachte, es mochte ja sein, dass sie und Stefan gute Absichten hatten, wenn sie die Natur schützen wollten. Aber sie schienen auch äußerst sensibel zu sein, was das Vertrauen in das Rechtssystem betraf. Glaubten sie, dass alles, was sie machten, von irgendjemandem abgehört oder mitgelesen wurde? Aber darum ging es hier jetzt nicht. „Ich denke, ich werde mich dann mal wieder auf den Weg machen. Ich muss noch die letzte Fähre erreichen, deshalb sollte ich jetzt wohl lieber gehen."

„Sicher. Ich bringe Sie zur Tür."

„Das ist nicht nötig", sagte Eva und reichte ihr eine Karte mit ihren Kontaktdaten. „Falls Ihnen noch etwas einfällt ... ich finde schon alleine raus."

Auf dem Flur steckte Eva sich noch eine Fotografie ein, die Stefan und Janna in inniger Umarmung zeigte. Wenn sie Glück hatte, dann hatte ja doch irgendjemand gesehen, wie die beiden auf der Insel zusammen waren.

Sie bedauerte nun, dass sie kein Foto von Stefans Mutter hatte.

In der Dienststelle

In Enno rumorte es schon eine ganze Weile, dieses dumpfe Gefühl und Jürgen war es dann, der es aussprach. Sie saßen am späten Nachmittag im Büro und warteten immer noch auf eine Nachricht von Eva.

„Nun wirst du Langeoog wohl bald verlassen, jetzt, wo Eva wieder da ist“, Jürgen biss in einen Haferkeks.

„Davon kann man wohl ausgehen“, seufzte Enno, „aber den Sommer über wäre ich gerne noch hier geblieben, das gebe ich offen zu.“

„Eigentlich finde ich es schade, unsere Zusammenarbeit hat sich doch gerade erst so gut entwickelt.“

Tja, dachte Enno, deswegen tut es mir bestimmt nicht leid, dass du dich immer in meine Angelegenheiten mischst. „Stimmt“, sagte er, „eigentlich war es ganz nett, abends nochmal mit einem Kumpel ein Bierchen zu trinken.“

„Sehe ich auch so. Mache ich sonst gar nicht so oft.“

„Nicht? Aber du kennst doch sicher Gott und die Welt hier auf der Insel.“

„Das schon“, gab Jürgen zu, „aber deshalb ist man noch lange nicht miteinander befreundet, wenn du verstehst, was ich meine. Überwiegend habe ich es ja in meiner Touristinfo auch mit den Gästen zu tun und die haben in der Regel weniger Interesse daran, abends mit mir auszugehen."

„Aber die eine oder andere doch sicher schon." Enno zwinkerte mit dem linken Auge.

„Oh, das ist absolut tabu, etwas mit Urlaubsgästen anzufangen. Da kommt nichts gutes bei heraus."

„Heutzutage reisen doch viele Frauen auch alleine. Da wäre es doch völlig legitim."

„Kann sein. Aber davon lasse ich lieber die Finger. Wenn der Ruf in dieser Richtung erst mal versaut ist, dann hat man hier auf der Insel bestimmt nichts mehr zu lachen. Es gab da mal einen Blumenhändler, der wirklich alles angebaggert hat, was hier an Land gespült wurde. Am Ende hat er sein Geschäft aufgegeben, weil alles über ihn geredet hat. Und zwar nichts Gutes, wenn du verstehst, was ich meine."

„Sicher. Ja, von der Warte aus gesehen würde ich mein Bier sicher auch alleine zu Hause trinken. Auch als Polizist."

„Wie ist das denn in Wittmund? Hast du da Freunde?"

„Eher weniger. Auf dem Land, da bleiben die Leute ab einem gewissen Alter zuhause oder eher für sich. Irgendwie habe ich da wohl den Anschluss verpasst. Aber es macht mir nichts aus. Ich habe nämlich ein sehr schönes Hobby."

„Sag jetzt nicht Briefmarken ...“. Jürgen rollte mit den Augen.

„Schlimmer“, kicherte Enno, „die Eisenbahn.“

„Echt? So richtig mit einem Extra-Zimmer voller Schienen?“

„Ganz genau. Das Kind im Manne, du weißt, was ich meine. Ich habe schon zig Kilometer Schienen verlegt und die Landschaft baue ich selber. Damit kann man viel Zeit totschlagen. Ich bin auch nicht so der Fernsehgucker.“

„Das muss ich mir unbedingt mal ansehen, wenn ich mal wieder aufs Festland fahre.“

„Gerne. Bist immer willkommen. Ruf nur vorher an.“

„Klar.“

Sie tranken weiter ihren Tee und die Schale mit Keksen war fast leer.

„Soll ich nochmal nachfüllen?“, fragte Enno mit Blick darauf.

„Ne, lass man.“ Jürgen rieb sich über den Bauch. „Ich glaube, ich krieg von dem Zeug Blähungen.“

„Warum meldet Eva sich wohl nicht?“, wechselte Enno jetzt das Thema. „Ob etwas passiert ist?“

„Passieren tut bei Eva immer was“, wiegelte Jürgen ab, „bestimmt hat sie den Fall schon gelöst und nimmt schon wieder Urlaub.“ Er kicherte.

„Das wäre für mich aber ganz schön peinlich“, meinte Enno geknickt.

„Ach was, ich mach doch nur Spaß. Bestimmt fährt Eva noch bei Robert vorbei."

„Robert?"

„Ja, du weißt schon, das ist ihr Freund. Ich glaube, die beiden sind mittlerweile verheiratet, ich habe einen Ring an ihrem Finger gesehen. Er wohnt in der Nähe von Aurich."

„Ah. Das erklärt sicher einiges. Aber wieso wohnt er denn nicht hier mit ihr auf der Insel?"

„Keine Ahnung. Bei Eva war schon immer alles anders. Aber eines kann ich dir auch versichern, man kann sich zu hundert Prozent auf sie verlassen. Wenn sie sagt, dass sie noch wieder hier vorbeikommt, wenn sie auf die Insel zurückkehrt, dann macht sie das auch."

„Dann bleibt uns wohl nichts anderes übrig, als hier auf sie zu warten. Das heißt, du musst das natürlich nicht, aber ich …". Er sah zu seiner Armbanduhr. „Gleich ist es schon halb sieben. Die letzte Fähre dürfte gerade durch sein. Nach deiner Theorie wird es dann wohl nicht mehr lange dauern, bis sie hier auftaucht."

Jürgen wollte gerade etwas erwidern, als im nächsten Moment die Tür aufging.

„Eva", sagte er, „wir haben gerade von dir gesprochen."

„Oh, ich hoffe doch nur Gutes", sagte sie und setzte sich zu den beiden an den Schreibtisch.

„Lass mich raten“, fuhr Jürgen fort, „du hast den Fall geklärt und den Täter hinter Schloss und Riegel gebracht.“

„Fast“, lachte Eva und schüttelte mit dem Kopf. „Aber eines ist sicher, es gibt nach meinen neuesten Erkenntnissen eine ganze Reihe von Verdächtigen.“

Während sie nun den abgelaufenen Tag und die Ereignisse zusammenfasste, wobei sie den Abstecher zu Robert unerwähnt ließ, hingen die beiden Männer bewundernd an ihren Lippen.

„Das heißt also“, fasste Enno es am Ende ihrer Ausführungen noch einmal zusammen, „es kommen sowohl der Kollege Marco Flint, die Mutter Melanie Kromminga und auch die Freundin Janna Winter als Täter infrage.“

Eva nickte. „Ja, ich denke, so kann man es im Moment wohl zusammenfassen. Weitere Verdächtige, die wir noch nicht ins Visier genommen haben, mal zunächst ausgeschlossen.“

„Junge ne“, sagte Jürgen und nickte ihr anerkennend zu, „da hast du ja mal wieder ganze Arbeit geleistet.“

„Ach was“, winkte Eva ab, „das war doch nichts besonderes. Wäre ich noch nicht aus Schweden zurück, dann wäre doch sicher Enno heute aufs Festland rübergefahren, um den Tankstellenbesitzer aufzusuchen.“

Enno sah von einem zum anderen. Sicher war er sich in dieser Sache nicht, aber trotzdem sagte er: „Natürlich hätte ich das getan. Irgendwo muss man mit der Tätersuche ja ansetzen. Sag mal Eva, wie ist das eigentlich, muss ich jetzt schon wieder nach Wittmund zurück?“

„Hm“, machte Eva, „der Fall ist ja noch nicht abgeschlossen. Und eigentlich ist es dein Fall. Ich denke nicht, dass man sich in Osnabrück darüber wundert, wenn du weiterhin auf Langeoog arbeitest. Ich habe mich übrigens auch noch gar nicht dort zurückgemeldet. Insofern ... oder möchtest du gerne wieder nach Wittmund? Dann könnte ich natürlich gleich morgen dort anrufen.“

„Ne, lass man“, sagte Enno. „Eigentlich finde ich es ganz nett hier in der Sonne und am Strand.“

„Das sieht man. So braungebrannt warst du sicher noch nie“, mischte sich Jürgen ein. „Könntest glatt bei Hawaii fünf null mitspielen.“

„Haha“, machte Enno und alle mussten dann lachen.

„Was meint ihr“, sagte Eva, „wollen wir zusammen noch etwas essen gehen?“

„Du meinst beim Italiener?, fragte Jürgen zurück und wurde schon wieder ganz weit zurückgebeamt.

„Klar, warum nicht der Italiener“, antwortete Eva und auch ihr ging so manche Erinnerung durch den Sinn.

Die drei machten sich auf den Weg und es wurde ein wirklich schöner Abend, an dem sie sich viel zu erzählen hatten.

Hin und wieder sah ein Mann zu ihnen herüber und versuchte, Gesprächsfetzen aufzuschnappen. Doch so einfach war das bei einem gut gefüllten Lokal mit erhöhtem Lärmpegel leider nicht.

Enno meinte einmal, den Bauleiter Wilfried Block zu sehen, der ein paar Tische weiter saß. Auch er ließ es sich schmecken. Doch da er schon zu viel Bier getrunken hatte, sprach er das Thema vor den anderen nicht weiter an.

Enno und Jürgen brachten Eva anschließend noch bis zu ihrer Haustür und dann verabschiedeten sie sich und vereinbarten, sich am nächsten Tag in aller Frühe wieder in der Dienststelle einzufinden. Das galt allerdings nur für Eva und Enno.

Geständnisse

Eva war am nächsten Tag die Erste im Büro und sie machte sich gerade ein paar Notizen, als Enno hinzukam.

„Morgen“, sagte er und wirkte unsicher, „du hättest dich ruhig an deinen Schreibtisch setzen können.“

„Wie? Ach so ... guten Morgen Enno. Nein, schon gut, im Moment hältst du hier ja noch die Stellung. Kein Problem.“

„Was machst du denn da?“ Er entspannte sich und setzte sich an ihren Platz und fuhr den Rechner hoch.

„Nur so ein paar Gedankengänge nach dem gestrigen Tag. Nichts weiter. Aber sag mal, wie gehen wir jetzt weiter vor?“

Enno zog die Schultern hoch. „Wir könnten uns noch einmal den Kollegen von Stefan Kromminga vorknöpfen, diesen Marco Flint. Es kann ja tatsächlich sein, dass er Angst um seinen Arbeitsplatz hatte, wenn Stefan die Firma verklagt hätte und der Bau zum Stillstand gekommen wäre.“

„Willst du das übernehmen?“

„Hm.“ Plötzlich fühlte er sich völlig fehl am Platze. „Wollen wir das nicht zusammen machen?“ In ihm lauerte die Versagensangst. Was, wenn er hier patzte und die falschen Fragen stellte? Im Schatten von Eva Sturm verblasste sein Selbstvertrauen immer mehr.

„Das können wir natürlich auch machen“, erwiderte Eva. Sie ahnte, dass sie ihn verunsicherte. Was aber überhaupt nicht ihre Absicht gewesen war. Doch wenn sie so darüber nachdachte, dann hatte sie schon ziemlich eigenmächtig entschieden, dass sie nach Aurich fahren würde, um den Tankstellenbesitzer zu befragen. War es da ein Wunder, dass Enno sich nun lieber zurückhielt? Eigentlich nicht. „Und danach“, fuhr sie jetzt fort, „sprechen wir auch noch mal mit dem Bauleiter. Block heißt der doch, oder?“

„Richtig“, bestätigte Enno, der sich in der Rolle des Zulieferers deutlich wohler fühlte. „Wilfried Block. Übrigens, ich habe ihn gestern Abend in dem Restaurant gesehen, wo wir mit Jürgen waren.“

„Tatsächlich? Wieso hast du nichts gesagt?“

„Weiß nicht, bin irgendwie drüber weggekommen. Das Bier schätze ich ...“, er grinste, „aber mir ist aufgefallen, dass er immer wieder zu uns herübergesehen hat.“

„Hm. Vielleicht weiß er etwas über Marco und Stefan und traute sich bisher nicht, es uns zu sagen. Also werden wir zuerst mit Marco sprechen und dann mit Block.“

„Okay, so machen wir das.“

Sie gingen nach draußen und schnappten sich jeder ein Fahrrad und radelten dann zum Fähranleger.

„Was hältst du eigentlich von den Plänen, ausgerechnet dort ein so großes Hotel zu bauen?“, fragte Enno, als sie gerade das kleine Waldstück passierten, das an der Straße zum Hafen lag.

„Tja, ehrlich gesagt nicht viel. Doch ich kann sehr gut nachvollziehen, dass hier weitere Übernachtungsmöglichkeiten benötigt werden. Der Andrang auf die Ostfriesischen Inseln wird ja immer größer."

„Ich habe gehört, dass da mindestens zweihundert Zimmer entstehen sollen, dazu eine Sauna und ein großes Erlebnisbad für die Gäste."

„Alle Achtung."

„Tja, wenn das fertig ist, dann ist der schöne Blick, den man sonst genießen kann, wenn man von der Fähre kommt, total kaputt."

Eva seufzte auf. Was sollte sie dazu noch sagen? Sie traf solche Entscheidungen ja nicht. Sie musste damit leben. Und irgendwann würde sie der Insel sowieso den Rücken kehren.

„Man kann schon verstehen", sagte sie nun, „dass sich junge Menschen wie Stefan Kromminga dagegen wehren wollen, dass diese Erde zerstört wird. Sie müssen ja noch eine ganze Weile hier leben. Und ihre Kinder und Enkel auch."

„Sowas gab es noch nicht, als wir jung waren", meinte Enno und klang nachdenklich, „da war die Welt irgendwie noch in Ordnung."

„Im Rückblick mag man das so sehen“, gab Eva zu bedenken, „doch sehr umweltverträglich war die Industrie damals sicher auch nicht.“

Bevor sie sich noch weiter in ihren Exkursionen verzetteln konnten, kamen sie schließlich bei der Baustelle an und stellten ihre Fahrräder an einem Strauch hinter dem Haus ab.

Als Erstes lief ihnen dann Wilfried Block über den Weg. Er machte ein mürrisches Gesicht, als er den Ermittler erkannte. Die Frau kannte er nicht.

„Guten Morgen Herr Block“, grüßte Eva ihn, als Enno ihr zugeflüstert hatte, um wen es sich handelte. Sie stellte sich vor.

„Sie kommen nun schon zu zweit auf die Baustelle“, quengelte Block, „also haben Sie den Täter wohl noch nicht gefasst.“

„Ganz richtig“, sagte Eva, „wir hätten da noch ein paar Fragen an Sie. Können wir uns kurz unterhalten?“

Er sah sich hilfesuchend um. Doch da war niemand, der ihn jetzt aus dieser Situation retten konnte. „Worum geht es denn? Eigentlich habe ich Ihnen schon alles gesagt.“

„Nun, manchmal fällt einem noch etwas ein, wenn man den ersten Schrecken einmal verdaut hat“, meinte Eva. Sie sah in seinen Augen, dass er angestrengt über etwas nachdachte. „Ist es bei Ihnen vielleicht auch so?“

Wieder sah Block sich um. Niemand war in der Nähe. Seine Männer arbeiteten bereits und bekamen sicher nichts davon mit, dass er hier mit der Polizei stand. „Naja“, sagte er verschwörerisch klingend und trat näher an Enno und Eva heran. „Man soll ja niemanden zu Unrecht verdächtigen …“. Er verstummte wieder.

„Was wollen Sie damit andeuten?“

„Ach, eigentlich wollte ich nicht darüber reden, aber ich habe in der letzten Zeit öfter beobachtet, wie Stefan und Marco aneinandergeraten sind.“

„Sie meinen Marco Flint?“, vergewisserte sich Eva.

Block nickte.

„Uns ist bekannt, dass Stefan Kromminga und Marco Flint gut befreundet waren“, mischte sich Enno nun ein. „Ich selbst habe allerdings auch einen möglichen Streit mit den beiden beobachtet. Als ich bei Marco nachhakte, sagte er, dass es sich nur um eine Bagatelle gehandelt habe. Was denken Sie denn, warum sich die beiden so oft gestritten haben?“

„Oft habe ich ja nicht gesagt“, wehrte Block plötzlich ab, „aber hin und wieder kam es schon vor.“

„Auch auf dem Bau?“

Block nickte und sah Enno mit verkniffenem Gesicht an. „Sowas mag ich nicht. Schließlich müssen hier alle friedlich zusammen arbeiten. Missstimmungen bei der Arbeit wirken sich auf die ganze Mannschaft aus.“

„Verstehe“, sagte Enno. „Haben Sie die beiden denn mal zur Rede gestellt deswegen?“

Block wiegte sachte seinen Kopf hin und her. „Nein, leider nicht. Und wissen Sie, das betrübt mich am meisten. Denn hätte ich etwas gesagt, vielleicht hätte ich dann das Schlimmste verhindern können.“

„Sie wissen schon“, sagte Eva, „dass Sie gerade den Verdacht in den Raum gestellt haben, dass Marco Flint seinen besten Freund Sebastian Kromminga ermordet haben könnte.“

„Was? Nein, so war das nicht gemeint.“ Block hob abwehrend die Hände.

Die ersten Bauarbeiter sahen zu den Dreien herüber.

„Haben Sie denn eine Idee, warum die beiden sich gestritten haben könnten?“, fuhr Eva fort.

„Ich habe keine Ahnung.“ Block stieß einen tiefen Seufzer aus. „Hätte ich doch nur mal nachgefragt.“

„Ja, hätten Sie nur“, sagte Eva. Sie mochte Block nicht. „Wäre es möglich, dass wir nun kurz mit Marco Flint sprechen könnten?“

Block schien geradezu erleichtert, dass der Fokus sich von ihm wegbewegte und nickte eifrig. „Sicher, ich werde ihm Bescheid sagen.“

Er ging in eiligen Schritten davon.

„Was hältst du von ihm?“, fragte Eva an Enno gewandt.

„Tja. Er wollte einfach, dass Ruhe auf dem Bau herrscht. Kann man ja verstehen.“

„Aber kaufst ihm sein plötzliches Erinnerungsvermögen bezüglich der Streitereien zwischen Marco und Stefan ab?“

„Ich weiß nicht. Es klang schon glaubwürdig. Und es stimmt ja auch, er bringt nun Marco als Verdächtigen ins Spiel. Sowas macht man nicht so leicht, wenn man selber nicht an die Schuld desjenigen glauben mag.“

„Tja, da könntest du recht haben. Warten wir mal ab, was Marco dazu sagt.“

Sie sahen, wie Block um den Bau herum ging. Kurz darauf kam Marco Flint gesenkten Hauptes auf die beiden zu.

„Hallo Marco“, begrüßte Enno ihn, „kommt ihr gut voran?“

„Ja, geht so.“ Marco stand jetzt vor ihnen und hatte die Hände tief in seiner Arbeitshose vergraben.

„Es geht noch einmal um deinen Freund Stefan“, fuhr Enno fort, „dein Vorgesetzter Herr Block hat uns eben berichtet, dass ihr euch auf öfter hier auf der Baustelle gestritten habt. Kannst du uns sagen, worüber?“

Marco warf einen bösen Blick in Richtung Baustelle. Das galt ganz sicher Block.

„Was wollen Sie damit andeuten?“, fragte er unwirsch klingend. „Gerade der Block hat es nötig, mich bei Ihnen anzuschwärzen. Der soll mal lieber erst vor seiner eigenen Haustür kehren."

Eva wunderte sich darüber, dass der junge Mann so unverhohlen bitter über seinen Chef sprach. „Ich bin Eva Sturm", sagte sie nun, „eigentlich ermittle ich hier auf der Insel, allerdings war ich einige Monate abwesend." So war Marco nun im Bilde, wer sie war. Und er würde sie entsprechend ernst nehmen, davon ging sie aus. „Gibt es etwas, dass Sie uns zu den Streitereien mit Stefan sagen können?"

„Ach", meinte Marco, „wir sind beide eben ziemlich impulsiv gewesen, wenn es ans Eingemachte ging."

„Eingemachte?"

„Wir waren eben befreundet, da sagt man sich Dinge, die man sonst lieber für sich behält. Sie verstehen schon."

„Nein, irgendwie noch nicht ...". Eva fand den jungen Mann in seiner Art irgendwie sympathisch. Sie konnte sich im Moment noch nicht vorstellen, dass er, Impulsivität hin oder her, tatsächlich seinen eigenen Freund erschlagen würde.

Marco stöhnte auf und fuhr sich nun mit beiden Händen durch sein volles lockiges Haar. „Ich habe Stefan immer davor gewarnt, dass das kein gutes Ende nehmen würde." Dann schwieg er wieder.

„Was genau meinen Sie jetzt eigentlich?“, fragte Eva und wurde ungeduldig. „Wir sind nicht hier, weil wir nichts mit unserer Zeit anzufangen wissen.“

„Okay okay.“ Marco stemmte seine Arme jetzt in die Seiten. „Wenn Sie es genau wissen wollen, Stefan fand, dass es mich nichts angeht, wenn er mit verheirateten Frauen herummacht. Aber ich hab das eben anders gesehen.“

„Und deshalb haben Sie gestritten?“

Marco nickte.

„Aber im Grunde ging es Sie nichts an“, fuhr Eva fort, „was hat Sie denn so daran gestört?“

„Das bringt doch nur Ärger“, meinte Marco. „deshalb habe ich gesagt, flirten ist gut und schön, aber bitte nicht mit verheirateten Urlauberinnen.“

Das war es also. Offensichtlich hatte Stefan ihm dann nichts von seiner Freundin Janna Winter erzählt. Sie war zunächst davon ausgegangen, dass es um den Betrug gehen könnte, wenn Stefan fremdging.

„Das hat Stefan sicher nicht gefallen, dass Sie sich in seine Angelegenheiten eingemischt haben, nehme ich an.“

„Sicher. Aber deshalb habe ich ihn noch lange nicht umgebracht“, setzte er sofort mit Nachdruck fort.

„Kennen Sie die Namen der Frauen, mit denen er geflirtet hat?“

„Nein, danach habe ich nicht gefragt. Ich wusste es eben nur, weil ich ihn dabei beobachtet habe, wenn wir in den Kneipen unterwegs waren.“

Eva zog jetzt das Foto von Janna und Stefan heraus.

„Kennen Sie diese Frau?“

Marco sah sich das Bild kurz an. „Nein, die kenne ich nicht.“

„Das ist die Freundin von Stefan. Sie wohnt in Aurich.“

„Aha.“

„Und von ihr haben Sie wirklich nichts gewusst?“

„Nein, sagte ich doch schon.“

„Also ist sie hier auch nicht auf der Insel gewesen, um Stefan zu besuchen?“

„Wie oft denn noch. Nein, ich kenne sie nicht.“

„Na gut.“ Eva steckte die Fotografie wieder ein. „Aber eine Frage hätte ich noch. Was meinten Sie damit, dass Block lieber vor seiner eigenen Tür kehren sollte?“

„Er hat sich doch immer darüber aufgeregt, dass Stefan ständig zu spät zur Arbeit kam.“

„Kam es zwischen den beiden deshalb zum Streit?“

„Das kann man laut sagen. Block hat Stefan vor der versammelten Mannschaft zur Schnecke gemacht. Und das nicht nur einmal.“

„Und wie hat Stefan darauf reagiert?“

„Tja, ihn hat das völlig kalt gelassen. Das habe ich ehrlich gesagt nicht verstanden. Allerdings hatte er ja auch selber schuld, das muss man schon zugeben."

„Wussten Sie, dass Stefan in einer Umweltorganisation aktiv war?", wechselte Eva nun zur nächsten Frage.

Marco zog die Schultern hoch. „Ne, davon weiß ich nichts." Es schien ihn auch nicht weiter zu interessieren, worum es dabei gehen sollte. „Kann ich jetzt wieder an die Arbeit gehen? Block guckt schon die ganze Zeit hier rüber. Ich will nicht, dass er mir die Zeit auch noch vom Lohn abzieht."

„Okay", sagte Eva, „fürs erste sind wir fertig."

Marco ging zurück zu seiner Arbeit und Enno und Eva schwangen sich wieder auf ihre Fahrräder, um zurück zur Dienststelle zu fahren.

„Irgendwie wird die ganze Sache immer undurchsichtiger, desto mehr Details wir erfahren", sagte Eva zu Enno, als sie wieder im Büro waren.

„Ja, komisch", meinte Enno, „soll ich uns erst mal einen Tee machen?"

„Gute Idee." Sie hatte sich wieder an ihren Schreibtisch gesetzt und tippte etwas in die Tastatur.

„Was machst du da?", fragte Enno, als er Tassen auf den Tisch stellte.

„Ich google mal nach Janna Winter“, antwortete sie. „Bisher wissen wir noch zu wenig über sie, um ein echtes Motiv für sie als Täterin zu haben.“

„Aha.“ Enno zündete die Kerze im Stövchen an und holte Kandis und Sahne. Dann goss er das kochende Wasser auf und stellte die Kanne auf das Stövchen und setzte sich zu ihr an den Schreibtisch. Er erkannte, dass seine Tage hier in der Dienststelle eindeutig gezählt waren. Sie würde den Platz ganz sicher nicht wieder räumen. Wittmund, ich komme, dachte er und schenkte Tee ein.

„Sie gibt nicht viel von sich preis“, sagte Eva enttäuscht, als sie sich Enno wieder zuwandte. „Ich werde gleich mal einen kleinen Sparziergang auf der Insel machen und mich umhören, ob jemand in den Hotels sie gesehen hat.“

„Das klingt gut. Aber was glaubst du, hat einer der beiden Männer Stefan auf dem Gewissen?“ Enno rührte in seiner Tasse herum.

„Du meinst Block oder Marco?“

Er nickte und setzte seine Tasse an den Mund und schlürfte.

„Ich bin mir noch nicht sicher, ob es wirklich einer von beiden war“, meinte Eva und überhörte dieses unangenehme Geräusch, das Enno mit dem Tee machte. Zum Glück war sie ja bald wieder alleine. Jedenfalls hoffte sie, dass er seinen Aufenthalt hier auf der Insel nicht noch weiter als nötig ausdehnte. Er war ja nett. Aber eigentlich arbeitete sie doch lieber alleine. Von Jürgen, der sich offenbar sehr gut mit Enno verstand, mal ganz abgesehen. Es war ja wirklich schön gewesen, wieder einmal mit ihm gesprochen zu haben, aber man musste es auch nicht übertreiben. Ihr gefiel ihr ruhiges Leben mit Robert einfach viel zu sehr, als dass sie jetzt wieder in alte Muster zurückfallen würde.

„Wenn, dann doch wohl eher dieser Marco“, meinte Enno.

„Und wieso?“

„Na, weil er das stärkere Motiv hat.“

„Wegen dieser Urlauberinnen?“

„Block mit dem Motiv wegen des Zuspätkommens ist doch genauso dünn“, gab Enno zurück.

Und da musste ihm Eva recht geben. „Das stimmt. Irgendwie reicht beides nicht, um einen Menschen zu ermorden, wenn du mich fragst. Wohingegen Eifersucht schon ein sehr starkes Motiv wäre.“

„Du denkst an die Männer der Urlauberinnen, mit denen Stefan was gehabt hat?“

„Zum Beispiel. Oder auch Janna Winter. Irgendwie wirkte sie während des Gesprächs sehr ... hm, wie soll ich sagen. Ich schätze, sie ist eine Frau, für die es nur schwarz oder weiß gibt. Genauso ist auch Stefans Mutter. Keine Kompromisse bitte. Vielleicht ist es einfach das Naturell von Menschen, die sich bedingungslos für eine Sache einsetzen."

„Radikal sagt man auch wohl dazu", meinte Enno lakonisch und damit traf er den Nagel eher ungewollt auf den Kopf.

„Richtig. Radikal. In allem was sie tun. Und wenn Janna herausgefunden hat, dass Marco sie hintergeht mit anderen Frauen, dann kann ich mir schon vorstellen, dass bei ihr die Sicherungen durchgebrannt sind. Sie wollte ihn ganz für sich allein. Und genauso Stefans Mutter, die nichts von der Beziehung von Stefan zu Janna erfahren durfte. Jedenfalls hat Janna das ja behauptet. Sie sagte, Stefans Mutter war sehr besitzergreifend und hätte ihn niemals für eine andere Frau aufgegeben."

„Das klingt ziemlich verrückt", meinte Enno. „Stefan war Mitte zwanzig. Also, in dem Alter, da war ich fast schon verheiratet gewesen."

„Die jungen Menschen von heute sind da wohl anders. Es ist ja auch ziemlich gemütlich zuhause."

„Apropos, soll ich mal langsam anfangen, meine Koffer zu packen?"

Eva stutzte. Erst jetzt bemerkte sie, dass sie wieder an ihrem Schreibtisch saß, dort wo Enno eigentlich sitzen sollte. Jedenfalls noch.

„Oh, tut mir leid, ich habe nicht darüber nachgedacht. Das ist ja noch dein Platz."

„Ach Quatsch. Ist schon okay. Ich gebe ja zu, dass ich gerne hier auf der Insel bin, obwohl ich am Anfang ziemlich sauer war, dass ich hierher kommen sollte."

„Oh, das ging mir damals auch so", stimmte Eva zu, „doch jetzt gefällt es mir hier."

„Tja, ich muss wohl nach Wittmund zurück."

„Also, wenn es dir nichts ausmacht, dass ich mich wieder an meinen Platz setze, dann bleib ruhig noch bis zum Ende des Sommers hier", schlug Eva vor, „das meinte ich schon ernst. So bleibt mir auch mehr Luft, um hin und wieder zu Robert rüberzufahren."

Sie erzählte ihm nun von Roberts Erkrankung, weshalb er früher wieder von Schweden zurück nach Deutschland gefahren war.

„Oh", sagte Enno, „das tut mir wirklich aufrichtig leid."

„Danke."

„Also, ich hänge gerne noch ein paar Monate dran. Du könntest ja sogar deine Stunden reduzieren. Ich meine nur so als Idee. Dann hättest du zwei Tage mehr die Woche frei, zum Beispiel."

Eva gefiel der Gedanke auf Anhieb. „Okay, ich werde einfach mal in Osnabrück nachfragen, was sich da machen lässt. Und jetzt zu unserem Fall zurück. Ich mache mich am besten mal auf den Weg und zeige Janna Winters Bild herum."

„Und ich werde mir nochmal gründlich Gedanken darüber machen, ob es Marco oder Block gewesen sein könnte“, schlug Enno vor.

„Mach das“, sagte Eva und zwinkerte ihm zu. Sie wusste, dass er gleich die Füße hochlegen würde, um ein Nickerchen zu machen. Und irgendwie wurde sie das Gefühl nicht los, dass Männer viel mehr schliefen als Frauen.

Recherche

Nachdem Eva in vier Hotels und in diversen Restaurants niemanden gefunden hatte, der Janna Winter gesehen zu haben glaubte, beschloss sie, erst einmal an den Hundestrand zu gehen, um den Kopf freizukriegen.

Es ist wirklich schön, wieder hier zu sein, dachte sie. Das Rauschen des Meeres so dicht vor der Haustür, es hatte ihr in gewisser Weise wirklich gefehlt. So sehr sie den Wald in Schweden auch geliebt hatte. Man musste wohl immer Abstriche machen, wenn man sich für einen Wohnsitz entschied. Man konnte niemals alles haben. Und sie hatte Robert. Der wichtigste Mensch in ihrem Leben, ihm ging es wieder gut.

Sie setzte sich etwas abseits ins Deichgras und fuhr mit ihren Fingern durch den warmen Sand. Ihr Blick wanderte über die vielen Urlauber. Kinder, Männer und natürlich auch Frauen. War eine von ihnen darunter, die etwas mit Stefan Kromminga angefangen hatte? Man konnte es nicht wissen. Und vielleicht waren die Frauen, die sich mit ihm eingelassen hatten, auch schon längst wieder abgereist. So würde es wirklich schwer werden, da etwas in Erfahrung zu bringen. Denn die Frauen schwiegen natürlich über ihre Fehltritte. Und wenn einer der Männer tatsächlich etwas herausbekommen hatte und Stefan Kromminga deshalb ermordete, so schwieg dieser Mann natürlich auch.

Doch so recht mochte Eva sowieso nicht daran glauben, dass ein eifersüchtiger Ehemann Stefan auf der Baustelle erschlagen hatte. Frauen, die ihre Ehemänner betrogen, wünschten sich dafür sicher lauschigere Plätze als eine Baustelle.

Enno war in der Dienststelle geblieben, um sich Gedanken über Block und Marco zu machen. Und das tat Eva nun auch. Es war schon sonderbar, wie versessen die beiden darauf gewesen waren, sich gegenseitig die Schuld in die Schuhe zu schieben. Marco dachte nicht gut über Block. Und Block seinerseits ließ kein gutes Haar an Marco, wenn er von den vielen Streitereien der beiden jungen Männer erzählte.

Eva fand es irgendwie unwahrscheinlich, dass ein Bauleiter einen Mitarbeiter ermordete, nur, weil dieser hin und wieder zu spät kam. Besser, er kam spät als nie, würde manch einer sagen, der um den Mangel an Fachkräften Bescheid wusste. Und trotzdem war es Marco sehr wichtig gewesen, auf diesen Umstand hinzuweisen. Machte ihn das zu einem der wichtigsten Verdächtigen? War Marco derart mit Stefan in Streit geraten, nur weil er wenig von seinen Moralvorstellungen hielt?

Auch das fand Eva reichlich übertrieben, dass man jemanden tötete, nur weil er verheirateten Frauen schöne Augen machte. Marco selber war noch jung und ließ sich bestimmt selber hin und wieder auf einen Flirt ein.

Nein, eigentlich war Marco nicht Evas erste Wahl, wenn es um die Suche nach dem Täter ging. Auch, wenn Block es sehr gut verstanden hatte, den Fokus auf den jungen Mann zu lenken.

Und das war es, was Eva am meisten Kopfzerbrechen bereitete. Block. Der Chef, dem eigentlich am meisten daran gelegen war, dass der Bau vorankam. Ausgerechnet er sollte sich Gedanken darüber machen, wenn zwei seiner Männer sich hin und wieder in die Wolle kriegten? Er war in gesetztem Alter und hatte sicher andere Sorgen als blindwütige Junggesellen. Er hätte eigentlich darüber schweigen können. Doch er hatte es nicht getan. Und zwar genau in dem Moment, wo die Sprache auf ihn selber gekommen war. Wo man ihn nach seinem Verhältnis zu Stefan befragt hatte. Darüber schien er nicht gerne zu reden.

Eva malte den Namen Block mit ihrem Finger in den Sand. War es möglich, dass er der Täter war? Und zwar nicht, weil Stefan hin und wieder zu spät kam, sondern weil er herausgefunden hatte, dass dieser versuchte, den Bau des Luxushotels zu verhindern? War das nicht viel einleuchtender als eine überfürsorgliche Mutter oder eine eifersüchtige Freundin?

Eva verwischte den Namen wieder mit dem anderen Sand und blickte aufs Meer. Die Sorge um das Hotel, dass es zu einer Klage dagegen kommen könnte, das wog schwer. Und letztlich stand dann sogar Blocks Job auf dem Spiel, wenn es ihm nicht gelungen wäre, den Angriff der Umweltschützer zu verhindern.

Plötzlich hochmotiviert von ihren Überlegungen erhob Eva sich mit großem Elan vom Boden, um sich weitere Informationen über Block und das Unternehmen, für das dieser tätig war, zu beschaffen.

Enno war unterdessen aus einem unschönen Traum erwacht, als sein eingeschlafener Fuß vom Schreibtisch gerutscht war.

Er war wieder in Wittmund gewesen, wo er in seinem Büro den ganzen Tag das Licht brennen lassen musste, weil große dunkle Wolken vor seinem Fenster tanzten. Nur gut, dachte er, als er seinen Fuß ausschüttelte, dass Eva damit einverstanden ist, dass ich noch eine Weile hierbleibe.

Sein Magen knurrte und so beschloss er, zum Haus der Insel zu schlendern in der Hoffnung, dort auf Jürgen zu treffen und eine Kleinigkeit mit ihm essen zu gehen.

Eva war froh, dass Enno nicht da war, als sie ins Büro zurückkehrte. So konnte sie sich gleich in die Arbeit stürzen, ohne große Erklärungen abgeben zu müssen.

Block arbeitete demnach für ein Unternehmen aus Esens, das einem Richard Janssen gehörte. Auf der

Homepage stand das in Errichtung befindliche Hotel auf Langeoog als Aushängeschild gleich auf der Startseite. Und auch sonst hatte Janssen wohl genügend lukrative Aufträge an Land gezogen, über die auf einer Unterseite über gelungene Projekte in hochauflösenden Bildern berichtet wurde. Eine Klage aus Umweltschutzgründen würde Janssen sicher nicht gut in den Kram passen und seinen Ruf sogar womöglich beschädigen. Egal, ob es an seiner Arbeit lag oder alles völlig anders begründet wurde und nichts mit der mangelnden Qualität von Janssens Arbeiten zu tun hatte. War der Ruf erst einmal im negativen Sinn durch die Presse gegangen, daran erinnerten sich die Leute immer.

Als Eva genug Werbung gelesen hatte, griff sie zum Telefonhörer. Kurz darauf hatte sie Janssen direkt in der Leitung. Sie stellte sich vor und fragte:

„Ist Ihnen der Name Stefan Kromminga bekannt?“

„Sicher“, sagte Janssen ohne Ausweichmanöver zu versuchen, „jedenfalls hieß der junge Mann, der für mich auf Langeoog gearbeitet hat, so.“

„Genau. Aus diesem Grunde rufe ich an. Haben Sie Stefan Kromminga persönlich gekannt?“

„Nein“, kam es sofort vom anderen Ende. „Für die Baustellen hat mein Mitarbeiter Wilfried Block sich direkt um die Einstellungen gekümmert.“

„Und Sie haben nie danach gefragt, wen er da einstellt?“, wunderte sich Eva, „also, ich hätte das wissen wollen, wenn es um mein Geschäft gegangen wäre.“

„Tja, da sind wir wohl alle anders. Habe ich Ihre Frage damit ausreichend beantwortet? Ich müsste nämlich gleich noch zu einem Geschäftstreffen.“

Der hat’s aber wirklich eilig, dachte Eva. „Fürs erste war’s das“, sagte sie, „wenn ich noch weitere Fragen habe, melde ich mich wieder. Gegebenenfalls komme ich dann auch gerne bei Ihnen in der Firma vorbei.“

„Wieso?“, kam es kleinlaut vom anderen Ende. Wem würde es schon gefallen, wenn die Kriminalpolizei auftauchte. Das würde in Janssens Betrieb sofort die Runde machen. Und auf dem Land sprachen sich Verdächtigungen, selbst, wenn sie unbegründet waren, auf kurzen Wegen schnell herum. „Wenn Sie noch eine Frage haben, dann fragen Sie doch einfach.“

„Und Ihr Geschäftstermin?“

„Es wäre nicht das erste Mal, dass ich aufgehalten werde“, sagte er bitter klingend.

„Na gut. Dann hätte ich nur noch eine kurze Frage. Wie sehr vertrauen Sie ihrem Mitarbeiter Wilfried Block?“

Funkstille auf der anderen Seite.

„Herr Janssen, sind Sie noch dran?“

„Ja.“

„Haben Sie meine Frage nicht verstanden oder müssen Sie noch darüber nachdenken?“

„Ich habe das schon verstanden. Nur, ich verstehe die Frage nicht.“

„Das ist doch ganz einfach. Wie sehr vertrauen Sie Wilfried Block? So sehr, dass Sie Personalentscheidungen in seine Hände legen, das haben wir schon erörtert.“

„Na, dann ist die Frage doch beantwortet, denke ich.“ Janssen atmete hörbar erleichtert aus. „Ich arbeite seit über zehn Jahren mit Block zusammen und es gab nie einen Grund zur Beschwerde.“

„Er würde wohl alles für Sie tun, nehme ich an“, sagte Eva.

„Wie bitte?“

„Ich wünsche Ihnen gutes Gelingen bei Ihrem Geschäftstermin.“

Sie verabschiedete sich und sie legten auf.

Es war noch zu früh, um jetzt schon mit Block zu sprechen. Er war bestimmt noch auf der Baustelle und sie wollte ihn gerne in seinem privaten Domizil aufsuchen. Also beschloss sie, vorher noch zu ihrer Wohnung zu gehen, um eine Kleinigkeit zu essen.

Wilfried Block

Er hätte sich liebend gerne Marco noch einmal vorgeknöpft, um ihn zu fragen, was er so lange mit der Polizei zu besprechen gehabt hatte. Doch zu Marco hatte er nie einen wirklichen Draht gefunden, obwohl er ein wirklich guter Handwerker war.

Vielleicht war es nicht richtig gewesen, diesen Ermittlern davon zu erzählen, dass die beiden sich hin und wieder in der Wolle hatten. War das nicht bei jungen Menschen völlig normal, dass sie unterschiedliche Meinungen etwas lautstarker austrugen. Erst recht auf dem Bau? Doch nun war es zu spät, er hatte seine Aussage gemacht. Sollten die Ermittler doch glauben, was sie wollten. Eigentlich war doch der Bürgermeister mit seiner Prestigesucht daran schuld, dass es überhaupt so weit gekommen war.

Block blieb wie immer bis zum Schluss, bis auch der letzte seiner Männer den Bau verlassen hatte. Er ging noch einmal alles ab und sah nach dem Rechten, bis er schließlich zu seiner Ferienwohnung ging, um sich ein Feierabendbier zu gönnen.

Er hatte sich gerade die festen Arbeitsschuhe ausgezogen und in den Vorraum auf einer Matte abgestellt, als es an der Tür klingelte. Wer kann das denn schon wieder sein, dachte er ärgerlich. Hatte man denn nie seine Ruhe.

Sofort war ihm klar, dass die Polizistin vom Vormittag vor seiner Tür stand.

„Darf ich reinkommen?“, fragte Eva.

„Kann ich etwas dagegen unternehmen?“, fragte er mürrisch zurück.

„Wohl kaum.“

Sie folgte ihm in eine kleine Küche, die ordentlich aufgeräumt war.

„Ich bleibe auch gar nicht lange“, sagte Eva, als sie sich an den Tisch setzten. Dann zog sie die Fotografie mit Janna und Stefan aus ihrer Jackentasche. „Haben Sie diese junge Frau schon einmal gesehen?“

Block sah sich das Bild länger als erwartet an. Eva hatte irgendwie das Gefühl, dass er nicht nur Stefan darauf erkannte. „Nein“, sagte er dann, „ich habe sie noch nie gesehen. Ist das seine große Schwester?“

„Nein, das ist sie nicht. Janna Winter, so heißt sie, war die Freundin von Stefan Kromminga.“

„Aha. Und was hab ich damit zu tun?“

„Nun, es hätte doch sein können, dass sie einmal hier auf der Insel gewesen ist und Sie sie kennengelernt haben.“

Block brauchte einen Moment, dann schaltete er richtig. „Ach so. Nein, also, wenn sie Stefan hier mal besucht haben sollte, dann habe ich sie nicht gesehen. Sie denken also, dass sie ihren Freund ermordet haben könnte?“

„Im Moment denke ich noch gar nichts, sondern sammle nur Fakten“, erwiderte Eva, „aber Sie haben recht, der Gedanke, dass Sie etwas mit seinem Tod zu tun haben könnte, ist mir schon gekommen. Heute morgen hat mir Marco nämlich davon berichet, dass Stefan hier auf der Insel ziemlich oft mit Frauen geflirtet hat.“

Sie ließ Block dabei nicht aus den Augen, während er das Gesagte verdaute. Es war spürbar, wie sehr er sich anstrengte, sich einen Reim darauf zu machen.

„Hm, das klingt doch wirklich plausibel“, meinte er dann, „es sind schon viele schreckliche Dinge aus Eifersucht geschehen.“

„Viel zu viele“, bestätigte Eva und seufzte dabei theatralisch auf. „Es ist wirklich schade, dass Sie mir in der Sache nicht weiterhelfen können.“

Es kam richtig Leben in Blocks Bemühungen, ihr plötzlich zu helfen. „Warten Sie“, sagte er, „ich denke noch einmal über alles nach. Vielleicht habe ich sie ja doch schon mal auf Langeoog gesehen.“ Wieder griff er nach dem Bild und studierte es übereifrig. „Doch“, sagte er dann, „jetzt erinnere ich mich. Sie war einmal hier auf der Insel. Und zwar an einem Sonntag, als Stefan frei hatte.“

„Tatsächlich? Das allerdings würde mir wirklich sehr weiterhelfen ...“.

„Ja, ich bin mir jetzt ganz sicher. Ich war an diesem bewussten Sonntag mittags in eine Eisdiele geangen, weil es so warm war. Also ich meine, viel zu warm, um etwas Warmes zu essen. Und da habe ich die beiden gesehen. Sie sind an der Eisdiele vorgegangen Richtung Strand."

Unfassbar, dachte Eva und nickte ihm dabei aufmunternd zu. Er saugte sich das alles doch jetzt nur aus den Fingern, um Janna Winter zu belasten. Und das konnte nur eines bedeuten. Er wollte von sich selber ablenken.

„Herr Block, Sie helfen mir wirklich sehr weiter", lobte sie noch einmal. Dann wanderte ihr Blick auf den Laptop, der auf dem Tisch stand. „Könnte ich den vielleicht mal ausleihen?"

Block zog die Stirn kraus, als er erkannte, was sie meinte. „Sie wollen meinen Computer mitnehmen? Warum denn?"

„Das ist reine Routine", sagte sie mit einem Lächeln, „schon alleine, um Sie als Täter ausschließen zu können."

„Aber das dürfen Sie doch nicht ohne hinreichenden Verdacht", protestierte er lauter werdend. „Da sind sensible Daten von Mitarbeitern gespeichert."

„Die Daten sind bei mir in den sichersten Händen, glauben Sie mir Herr Block."

Mit langen Fingern nahm sie jetzt das Tablet und ließ es in ihrem Rucksack verschwinden. „Sie bekommen das Gerät so schnell wie möglich zurück."

Block fiel die Kinnlade runter. Doch er sagte nichts mehr dazu.

Enno und Jürgen

„Sie ist nicht da“, sagte Enno, als er die Tür der Dienststelle aufgeschlossen hatte.

„Das sehe ich auch“, erwiderte Jürgen und klang enttäuscht. Er hätte nichts dagegen gehabt, jetzt öfter wieder mit Eva zusammenzusitzen. „Bestimmt ist sie schon nach Hause gegangen.“

„Kann sein. Es ist ja auch schon Feierabend.“

„Eva kennt keinen Feierabend, wenn sie an einem Fall dran ist, glaube mir.“

„Du kennst sie da besser. Aber trotzdem werde ich sie nicht bis in ihre Wohnung verfolgen, falls du das denkst.“

„Nein, natürlich nicht.“

Die Männer standen da, wie bestellt und nicht abgeholt.

„Was machen wir denn jetzt?“, fragte Enno. „Ich meine, ich könnte noch das Protokoll von den Befragungen heute morgen schreiben, aber ...“.

„Aber dazu hast du keine Lust“, vollendete Jürgen mit einem Grinsen.

„Nicht wirklich“, bestätigte Enno. „Wenn ich erst mal wieder in Wittmund bin, dann sitze ich doch da den ganzen Tag an meiner alten Schreibmaschine. Davor graut es mir jetzt schon.“

„Lass dich doch einfach nach Langeoog versetzen. So als zweiter Mann zur Untersützung von Eva“, schlug Jürgen vor.

„Gar keine schlechte Idee.“ Enno schlenderte zum Schreibtisch und ließ sich auf den Bürostuhl sinken. „Vielleicht reduziert Eva ja ihre Arbeitszeit.“

Jürgen bekam große Ohren. „Hat sie das gesagt?“

In diesem Moment tat es Enno leid, dass er seinen Mund nicht halten konnte. Bestimmt war es Eva nicht recht, wenn die Sache, die noch gar nicht spruchreif war, nun durch Jürgen und sein loses Mundwerk auf Langeoog die Runde machte.

„He“, sagte Enno, „können wir das Thema wechseln.“

„Moment, das will ich jetzt ganz genau wissen. Wieso will Eva ihre Arbeitszeit reduzieren? Will sie womöglich die Insel verlassen?“ Das wäre etwas, was ihn wie ein Schlag treffen würde. Wollte sie nach Schweden über kurz oder lang?

„Also“, sagte Enno und wand sich immer noch, „von mir hast du das nicht.“

„Ich schweige wie ein Grab“, sagte Jürgen feierlich.

„Na gut. Robert ist sehr krank ...“. Enno erzählte jetzt die ganze Geschichte, die ihm Eva anvertraut hatte.

„Das ist ja wirklich schlimm“, sagte Jürgen, „ich wusste davon bisher nichts.“

„Du musst mir versprechen, dass du es niemandem gegenüber zur Sprache bringst", bat Enno eindringlich, „ich möchte nicht als Plappermaul dastehen."

„Ehrenwort", sagte Jürgen, „ich behalte es für mich."

„Gut, dann lass uns auf den Schrecken jetzt noch ein Bierchen trinken gehen", schlug Enno vor, „sozusagen, um den Schwur zu besiegeln."

Jürgen lachte schon wieder und gemeinsam machten sie sich auf den Weg.

Zu ihrem Erstaunen sahen sie Wilfried Block an der Theke sitzen, der schon ziemlich einen im Kahn hatte und eine Runde nach der anderen für sich bestellt.

„Das sind die Leute vom Bau", witzelte Enno, „und morgen früh steht er auf der Matte, als wäre nichts gewesen."

„Na, da bin ich mir nicht so sicher", gab Jürgen zu bedenken, „es sieht fast so aus, als müsste er sich mit dem Zeug den Frust vom Tag schöntrinken."

„Du meinst, weil wir ihn heute Morgen befragt haben?", fragte Enno ungläubig. „Also, so schlimm war das nun auch wieder nicht."

„Ich weiß nicht", meinte Jürgen, „aber mein Instinkt sagt mir, dass er vor irgendetwas Angst hat."

Enno konnte ihm nicht ganz folgen, doch das war ihm im Moment auch egal. Er hatte Durst und bestellte zum zweiten Mal ein Bier und ein Korn für beide. Und irgendwann, da sahen sie Block, wie er bezahlte und auf wackeligen Beinen die Kneipe verließ. Doch da waren sie schon längst mit ganz anderen Themen beschäftigt. Am Nebentisch hatten ihnen zwei junge Frauen nämlich schöne Augen gemacht.

Eva

Eva atmete auf, als sie bemerkte, dass das Tablet von Block tatsächlich nicht passwortgeschützt war. Sonst hätte sie bis zum nächsten Tag mit ihrer Recherche warten müssen, damit die Kollegen vom Festland den Rechner knackten.

So allerdings konnte sie nun nach Herzenslust in dem Browserverlauf von Block herumschnüffeln, während sie genüsslich einen Weißwein dazu trank.

Über die Links zu den Schmuddelseiten ging sie einfach hinweg. Das war seine Privatsache und interessierte sie auch nicht weiter. Aber dann stieß sie auf etwas, das ihre ganze Aufmerksamkeit erforderte.

Block hatte die Seite der Umweltschutzaktivisten, denen Stefan Kromminga und Janna Winter sich angeschlossen hatten, mehr als einmal aufgerufen. Sie klickte auf den letzten Link, der zur Presseseite dieser Organisation führte. Es ging um einen Artikel, der von einer erfolgreichen Aktion der Tierschützer berichtete. Und auf dem Foto dazu, da sah man auch Janna Winter. Sie wurde sogar in der Bildunterschrift als besondere Organisatorin dieser Aktion ins Licht gerückt. Und wenn Block das gelesen hatte, dann kannte er ihren Namen und wusste auch, wie sie aussah. Und das bereits, als er sich das erste Mal das Foto von Stefan und Janna ansah, dass sie ihm gezeigt hatte, wo er noch vehement bestritten hatte, sie jemals gesehen zu haben. Aber wenn er diesen Artikel vor zwei Wochen gelesen hatte, dann wusste er ganz genau, wer Janna Winter war. Im weiteren Artikel wurde auch der Name von Stefan Kromminga als einer der Mitorganisatoren genannt. Block wusste also schon länger, dass Stefan sich in Sachen Umweltschutz organisierte. Das alles war im Grunde genommen noch nicht verdächtig. Aber wusste Block auch von der geplanten Klage gegen das Hotel? Genau darum ging es jetzt. Sie musste es unbedingt in Erfahrung bringen. Also recherchierte sie weiter.

Die Antwort erhielt sie kurz darauf, als sie direkt die Suchbegriffe Langeoog, Hotel und Klage eingab. Es gab zwar keine Treffer. Doch das Internet vergaß nie. Und Wilfried Block hatte diese Suchbegriffe mehr als einmal in seinen PC eingegeben, denn sie wurden sofort als Vorschlag angeboten, als Eva damit begonnen hatte.

Im Netz selber fand sie allerdings keinen Hinweis auf eine geplante Klage. Wie also hatte Block dann davon erfahren? Hatte womöglich Stefan ihn damit konfrontiert, als er ihn wegen seines Zuspätkommens zur Rechenschaft ziehen wollte? Hatte Stefan ihm da ins Gesicht gelacht und gesagt, dass er sowieso nicht mehr lange hier auf dem Bau arbeiten würde, weil es ihm nur darum ging, den Bau zu verhindern? Wenn es dann zum Streit gekommen war, das war wirklich ein starkes Motiv für einen Mord. Plötzlich sah Eva das ganze Szenario vor sich. Block hatte sich mit

Stefan getroffen, als alle anderen längst gegangen waren. So etwas trug der Bauleiter sicher nicht gerne vor den anderen aus. Das mochte schon länger her gewesen sein und dann hatte Block angefangen, im Internet zu recherchieren. Und als er alles beisammen hatte, da hatte er Stefan noch einmal um ein Treffen gebeten. Vielleicht, um ihn umzustimmen? Das wäre denkbar. Block sah sich in der Rolle desjenigen, der versuchen musste, das Ganze zu verhindern. Koste es, was es wolle. Vielleicht hatte er sogar versucht, Stefans Schweigen und das Ändern seiner Absichten zu erkaufen. Unmöglich war das nicht. Doch der junge Mann dachte wohl gar nicht daran, seinen Traum von einer besseren Welt aufzugeben. Und das war ihm dann zum Verhängnis geworden. Block hatte ihn brutal erschlagen und in die Mischmaschine gesteckt. Die Frage war nur, warum er das ausgerechnet am Abend vor dem groß angesetzten Pressetermin gemacht hatte. So wurde doch alles noch einmal mehr in der Zeitung ausgeschlachtet. Auf der anderen Seite richteten sich die Blicke dann nicht sofort auf ihn und er hatte Zeit, seine Spuren zu verwischen.

Doch er hatte wohl nicht daran gedacht, den Verlauf seines Internetbrowsers zu löschen.

Eva sah zur Uhr. Es war gleich acht. Also noch nicht zu spät, um Block festzunehmen. Eher im Gegenteil. Durch ihren Besuch bei ihm war er alarmiert, umso mehr, da sie seinen Computer mitgenommen hatte. Also machte sie sich kurz darauf auf den Weg zu Blocks Wohnung, um ihn zur Rede zu stellen.

Sie klingelte ein paar Mal und wartete ungeduldig vor der Tür. Doch Block machte nicht auf. Was jetzt?, fragte sich Eva. Wo war er hingegangen? Trank er irgendwo mit seinen Kollegen ein Bierchen? Das wäre denkbar. Aber noch etwas ganz anderes kam ihr in den Sinn und sie machte sich auf den Weg.

Es waren noch einige Spaziergänger unterwegs bei dem schönen Sommerabend. Doch desto weiter sie mit ihrem Fahrrad Richtung Fähranleger fuhr, umso einsamer wurde es um sie. Es dauerte etwa zwanzig Minuten, dann kam sie bei der Baustelle an. Der Rohbau wirkte irgendwie unheimlich auf sie. So verlassen und ohne die Stimmen der Bauarbeiter, die sich gegenseitig aufmunterten. Sie stellte ihr Fahrrad hinter dem Haus ab und ihr Blick fiel wieder auf die Mischmaschine. Sie wagte kaum, in die Richtung zu laufen. Doch sie musste sich einfach vergewissern, dass niemand darin lag. Erleichtert atmete sie aus. Nur getrockneter Mörtel war darin zu sehen.

Dann ging sie zurück und von hinten in den Bau, dem die Türen noch fehlten. Der kalte Beton hallte ihre Schritte wider, als sie weiter voranging. Es war zwar noch nicht ganz dunkel draußen, doch für hier drinnen reichte das

Licht nicht mehr aus, um die Räume bis in den letzten Winkel auszuleuchten.

„Herr Block“, sagte Eva und hörte ihre eigene Stimme zittern, „sind Sie hier irgendwo?“

Keine Antwort.

Sie schritt die Räume ab, ging nach dem dritten Raum im Flur die Treppe nach oben. Sie wusste, dass das gefährlich sein konnte und vor allem für Unbefugte nicht erlaubt. Sie hätte ja nicht einmal unten in den Bau gehen dürfen. Doch jetzt im Moment war alles egal. Sie spürte, dass Block hier war. Sie musste ihn nur noch finden. Und sie hoffte inständig, dass er noch lebte.

Oben war er nicht, als ging sie ins untere Stockwerk zurück, um auch die letzten Räume zu inspizieren. Und dann sah sie ihn. Oder besser gesagt, sie sah eine Gestalt in einem großen ziemlich dunklen Raum in der hintersten Ecke auf dem Boden sitzen.

„Herr Block“, wiederholte sie, „sind Sie das?“

Wieder keine Antwort.

Eva hielt den Atem an. Hätte sie doch nur bei Enno angerufen, damit er sie zur Baustelle begleitete. Sie brachte in diesem Moment auch sich selber in Gefahr, wenn der Mörder noch hier war. Wer sagte ihr denn, dass man soeben nicht auch Block ermordet hatte. Vielleicht war sie von völlig falschen Voraussetzungen ausgegangen, nachdem sie seinen Rechner untersucht hatte.

Dann endlich stand sie vor der Person, die dort am Boden saß. Den Rücken an die Wand gelehnt. In der Hand eine Flasche Bier haltend. Es war Block. Und er sah sie aus zusammengekniffenen Augen an, als sie das Licht ihres Handys auf ihn richtete.

„Herr Block", sagte sie erleichtert, „wieso haben Sie mir denn nicht geantwortet, als ich eben nach Ihnen gerufen habe?"

„Es hat doch alles keinen Sinn mehr", sagte er und sie hörte, dass er schon eine Menge getrunken haben musste.

„Kommen Sie Herr Block, ich helfe Ihnen jetzt auf und dann gehen wir zusammen zurück." Sie griff nach seinem freien Arm. Und dann sah sie plötzlich, dass er auch etwas in der anderen Hand trug. Es war eine Waffe. Sie erschrak und griff sofort danach. Doch Block weigerte sich, ihr die Waffe zu geben. Im Gegenteil. Nun gewann er an Kraft zurück und schupste sie zur Seite.

„Herr Block, hören Sie auf damit. Geben Sie mir die Waffe!", rief Eva aus und fing sich wieder, indem sie sich an der Wand abstützte, bevor sie fallen konnte. „Machen Sie es nicht schlimmer, als es sowieso schon ist."

Block lachte auf. „Ach, denken Sie etwa, dass ich Sie erschießen werde. Keine Angst, das habe ich nicht vor." Er streckte den Arm mit der Waffe aus und führte diese dann direkt an seine Stirn. „Sehen Sie", sagte er und schluckte hart, „das habe ich vor. Ich habe mich bisher nur nicht getraut. Aber jetzt werden Sie mir dabei zusehen müssen, wie ich mir eine Kugel durch den Kopf jage. Ist es das, was Sie gewollt haben, als Sie meinen PC mitgenommen haben? Sind Sie jetzt zufrieden?“

Eva wusste, dass Männer in seiner Situation, betrunken und schuldig, den größten Mist von sich gaben. Aber sie hatte nicht vor, ihm dabei zuzusehen, wie er sich selber richtete. Dafür gab es andere Instanzen. Sie sah um sich. Es lag nichts herum, das sie schnell hätte greifen können, um ihn zu überwältigen. Es war das erste Mal seit langem, dass sie sich machtlos fühlte. Angst hatte sie nicht, dass er ihr etwas antun könnte. Doch das Blatt konnte sich auch wenden, wenn das hier zu lange dauerte und er seinen Zorn auf sie fokussierte. Ihr musste unbedingt etwas einfallen. Nur was?

Draußen standen, ohne, dass Eva es ahnte, Enno und Jürgen an die Mauer gelehnt und rangen nach Atem. Als sie gut gelaunt die Kneipe verlassen hatten, hatten sie auf dem Weg zum Strand, den sie eingeschlagen hatten, plötzlich Eva auf dem Fahrrad davonfahren sehen. Und zwar so schnell, dass keine Zeit mehr blieb, um ihr nachzurufen, um sie aufzuhalten. Plötzlich waren sie wieder nüchtern. So etwas machte Eva nicht ohne Grund. Und da sie sie nicht alleine lassen wollten, hatten sie die Beine in die Hand genommen und waren losgerannt, um ihr zu folgen.

„Verdammter Mist", stieß Enno aus, „ich kriege kaum noch Luft."

„Und ich dachte immer", pustete Jürgen aus, „dass Polizisten fit sein müssten für den Job."

„Haha." Enno beugte sich weiter herunter und spuckte aus. Dann richtete er sich wieder auf und sah sich um. „Ich glaube, wir haben sie verloren."

Jürgen konnte das nicht glauben. Er ließ seinen Blick einmal um die eigene Achse schweifen. „Verdammt", sagte er dann, „da drüben steht ihr Fahrrad. Sie muss hier sein. Ich geh da jetzt rein."

Enno folgte ihm in den Rohbau.

„Eva!", rief Jürgen aus, „bist du hier?"

Sie horchten.

Und auch Eva horchte auf. War das eben Jürgen gewesen? Irritiert sah sie zu Block. Er schien davon nichts mitbekommen zu haben. Noch immer ließ er seine Waffe um seinen Kopf kreisen und lallte vor sich hin.

„Jürgen!", rief sie nun, „ich bin hier!".

Jetzt hielt Block in der Bewegung inne. „Was soll das?" Er richtete die Waffe jetzt auf sie.

„Herr Block, bitte", flehte Eva, „legen Sie die Waffe weg und machen Sie nicht alles noch schlimmer."

Block versuchte nun, sich an der Wand abstützend hochzukommen. Doch das misslang, weil ihm einfach die

Koordination dafür fehlte. Er sackte wieder in sich zusammen.

Eva, die immer noch das Licht ihres Handys auf ihn gerichtet hielt, nutzte die Gelegenheit, um aus dem Raum zu rennen.

„Jürgen!“, rief sie noch einmal, „ich bin hier.“

Im nächsten Moment fielen sie sich praktisch in die Arme, weil sie in ihn hineinrannte. Er hielt sie fest.

„Mein Gott Eva,“, sagte er nach einer Schrecksekunde, „was ist denn hier los?“

„Block ist da drin. Er hat eine Waffe.“

Sofort stürzte Enno in den Raum. Doch im ersten Moment sah er nichts, weil es zu dunkel war. Er hörte, wie sich jemand über den Boden bewegte und offensichtlich versuchte, zu entkommen.

„Herr Block!“, rief Enno aus, „es ist vorbei. Lassen Sie die Waffe fallen.“

Der Mann am Boden kroch weiter in Richtung zu dem großen Fenster. Enno wurde klar, dass er versuchen wollte, zu entkommen. In dem Moment fragte er sich, warum er nicht schoss. Eva hatte doch gesagt, dass er eine Waffe bei sich trug.

Im nächsten Augenblick machte Enno einen großen Satz und ließ sich bäuchlings auf den Fliehenden fallen. Dieser stieß einen tiefen Seufzer aus und gab jede Gegenwehr auf.

Auch Eva und Jürgen waren in den Raum gekommen und nun leuchtete sie die ganze Szene ab. Enno, wie er sich wieder hochrappelte und Block dabei an den Kragen griff, um ihn hochzuziehen. Beherzt sprang Jürgen ihm zur Seite und halb dabei mit.

Eva sah die Waffe am Boden liegen und nahm sie schnell auf.

„Wilfried Block“, sagte sie, „hiermit nehme ich Sie wegen des Mordes an Stefan Krominga fest.“ Sie wies ihn noch darauf hin, dass alles, was er nun sagte, gegen ihn verwendet werden könnte. Doch das bekam Block ganz sicher nicht mehr mit.

Wie einen nassen Sack schleiften Enno und Jürgen ihn nach draußen. Block leistete keinerlei Gegenwehr mehr und wimmerte nur immer wieder diesen einen Satz, dass er das alles nicht gewollt habe.

Eva rief die Kollegen, damit man Block abholte. Danach blieb ihnen nur noch, solange zu warten.

„Mensch Eva“, sagte Jürgen, „wieso hast du uns nicht Bescheid gesagt, dass du hierher fährst. Es hätte doch sonst was passieren können.“

„Es ist ja noch mal gut gegangen“, erwiderte Eva. „Danke, dass ihr gekommen seid. Für einen Moment, da wusste ich wirklich nicht, wie ich die Situation mit der Waffe lösen sollte.“

„Er hätte dich erschießen können“, tadelte nun auch Enno. Irgendwie war er in seinem Stolz verletzt. Schließlich hätte es sich doch gehört, dass sie ihn benachrichtigte, wenn sie einen potenziellen Mörder verfolgte. Und wie sah das später vor den Kollegen aus, wenn eine Frau glaubte, alles besser im Griff zu haben, wenn sie ihn nicht mitnahm. Vielleicht hatte Jürgen wirklich recht, Eva Sturm war eine schwierige Frau. Ob er wirklich noch länger hier auf der Insel mit ihr arbeiten wollte, musste er sich noch schwer überlegen.

Wenig später klackten dann die Handschellen um Wilfried Blocks Handgelenken zu.

Eva stieg auf ihr Fahrrad, um endlich zu ihrer Wohnung zu fahren. Mittlerweile war es weit nach Mitternacht und sie brauchte nun ihren Schlaf.

Enno und Jürgen liefen gemütlich zum Ortskern zurück und genehmigten sich auf den Schrecken noch ein Bier in Jürgens Wohnung.

Papierkram

Als Eva am nächsten Morgen in die Dienststelle kam, erst da fühlte sie sich wieder so richtig angekommen. Ein Mordfall war gelöst. Sie war wieder in ihrem Element gewesen. Sie schob die Sachen von Enno, die auf ihrem Schreibtisch lagen, zusammen und legte sie in einen Karton.

Dann wischte sie die Krümel mit einem feuchten Lappen weg und ordnete wieder alles so an, wie es ihren Gewohnheiten entsprach. Heute würde sie noch einmal aufs Festland fahren müssen, um Block sein Geständnis abzunehmen. Und es ließ sich auch nicht verhindern, dass die Presse von allem Wind bekam und die Story um einen Umweltschützer, der den Bau eines Luxushotels verhindern wollte, direkt vom Bauleiter brutal ermordet worden war.

Da konnte Richard Janssen dann noch so flutern, diese Tatsache konnte nicht mehr unter den Teppich gekehrt werden.

Wer weiß, dachte Eva, wie es mit dem Bau weitergeht. Sie beschloss, auch noch direkt bei Janssen vorbeizufahren. Im Grunde war es ja nicht seine Schuld, wenn die Politiker auf Langeoog so einen Frevel erlaubten und durch den Rat winkten.

Sie hörte, wie Enno hereinkam.

„Moin“, sagte er und sein Blick fiel auf den Karton mit seinen Sachen. „Ich seh schon, meine Stunde hat geschlagen.“

„Hallo Enno“, sagte sie, „es ist nicht so, wie es aussieht. Wir können für dich einen weiteren Computer und einen Schreibtisch beantragen.“

„Ne, lass man. Ich glaube, es ist wirklich besser wenn ich zurück in mein kleines Büro in Wittmund gehe. Es war wirklich eine schöne Zeit hier auf Langeoog, aber jetzt, wo der Fall gelöst ist, da ist irgendwie die Luft raus. Ich werde hier nicht warten, bis wieder einer zuschlägt.“ Er grinste jetzt und setzte sich ihr gegenüber.

„Aber du kannst mich jederzeit hier besuchen“, schlug sie vor. „Und wenn ich wieder einmal Fernweh bekomme, dann werde ich dafür sorgen, dass du meine Vertretung machst.“

„Das ist ein guter Plan“, sagte er.

„Heute muss ich noch rüber, um Block zu vernehmen. Möchtest du mitkommen?“

Damit hatte er gar nicht gerechnet. Doch der Gedanke, dass er in dem Bericht neben Eva beim Verhör auftauchte, gefiel ihm.

„Klar“, sagte er, „das lasse ich mir doch nicht entgehen. Vielleicht kann ich noch was lernen.“

„Nun übertreib mal nicht“, schmunzelte Eva.

„Soll ich uns noch einen Tee machen, bevor es losgeht?“

„Das ist nett, aber dafür bleibt keine Zeit. Die Fähre geht bald. Eigentlich müssen wir schon los“, stellte sie mit Blick auf ihre Uhr fest.

Block war wieder nüchtern und sah ziemlich blass aus, als Eva und Enno in den Verhörraum kamen. Draußen hatte es Enno sich nicht nehmen lassen, den Kollegen schon mal vom großen Ermittlungserfolg unter seiner Mitwirkung vorzuschwärmen.

Nun setzten er und Eva sich zu Block an den Tisch.

„Herr Block“, eröffnete Eva, „Sie erinnern sich daran, was gestern Abend passiert ist?“

Er nickte und sah verschämt auf seine Hände. „Es tut mir leid, dass ich Ihnen mit meiner Waffe Angst eingejagt habe. Wirklich, das müssen Sie mir glauben.“

„Schon gut. Es ist ja nichts passiert. Auch Ihnen nicht.“

„Nein, mir nicht. Aber Stefan ist jetzt tot. Damit werde ich leben müssen ...“.

Selten hatte Eva einen so reumütigen Mörder vor sich gehabt.

„Würden Sie mir bitte schildern, was an dem Abend geschehen ist, als Stefan starb?“

Block nickte und dann erzählte er die ganze Wahrheit.

Es war wirklich purer Zufall gewesen, dass er davon erfahren hatte, was Stefan Kromminga wirklich auf Langeoog im Schilde führte. Block hatte ein Gespräch mitgehört, das Stefan mit seinem Handy in der Mittagspause geführt hatte. Sicher wusste er nicht, dass jemand mithörte, sonst hätte er bestimmt nicht weiter davon gesprochen, dass alles gut mitlaufe. Er zig Fotos im Kasten hätte und die Firma Janssen bestimmt bald die Bauarbeiten einstellen müsste. Nur einer, nämlich Block, der ging ihm ziemlich auf die Nerven. Deshalb sei er froh, wenn er bald wieder von der Insel verschwinden könnte.

„Danach habe ich angefangen, nach Stefan Kromminga im Netz zu suchen“, sagte Block und verschränkte die Hände ineinander. „Ich wusste ja nicht genau, was er gegen Janssen in der Hand hatte. Am Anfang dachte ich noch, Janssen sei ein korrupter Verbrecher.“

„Bis Sie dann auf die Seite der Umweltschützer gestoßen sind“, schlussfolgerte Eva.

„Richtig“, bestätigte Block. „Ganz ehrlich, da bin ich fast vom Glauben abgefallen. Wie können junge Menschen nur so naiv sein.“

„Naiv?“

„Klar, ich verstehe ja, dass man die Umwelt schützen muss. Aber der Zug ist doch schon lange abgefahren. Die Touristen strömen in Massen auf die Inseln. Und irgendwo müssen sie schließlich auch übernachten. Da kräht doch kein Hahn mehr danach, ob es sich um ein Weltnaturerbe handelt und der Lebensraum auf der Insel immer dichter bebaut wird.“

„Aus Ihrer Warte haben Sie sicher recht“, meinte Eva nachdenklich, „doch können Sie die jungen Menschen, die sich Sorgen machen um die Zukunft, nicht auch wenig verstehen? Denken Sie mal zurück. Sie sind doch sicher auch in einer Zeit aufgewachsen, wo sie mit ihrer Schule die Inseln besucht haben und alles noch ein wenig anders aussah als heute.“

Block sah sie nachdenklich an. „Natürlich, gab er zu. So ein Hotel, wie wir es gerade bauen, das hat es früher nicht gegeben. Höchstens auf Mallorca hat man sowas mal im Fernsehen gesehen.“

„Eben. Und so ein Hotel ist erst der Anfang. Es werden bestimmt weitere folgen, bis auch wirklich das letzte freie Land bebaut ist.“

„Ich verstehe ja, was Sie sagen.“ Block wischte sich übers Gesicht. „Aber mein Gott, hätte Stefan das denn nicht anders machen können?“

„Aus seiner Sicht hat er wohl genau das getan, was er für richtig hielt“, entgegnete Eva. „Ob er mit seiner Gruppe und der Klage überhaupt Erfolg gehabt hätte, lassen wir mal dahingestellt sein. Doch natürlich hätte die Presse darüber berichtet. Und wer weiß, vielleicht wären dann weitere Bauten fürs erste nicht mehr genehmigt worden. Auch auf den Nachbarinseln vielleicht nicht.“

„Tja“, sagte Block gedehnt, „jetzt ist aber alles zu spät. Stefan ist tot. Ich muss jetzt mit der Schuld leben, einen jungen Menschen getötet zu haben.“

Dann schilderte er die Ereignisse an dem Abend, die Stefan das Leben gekostet hatten. Block hatte den jungen Mann um ein Treffen bei der Baustelle nach Feierabend gebeten, weil er genau wissen wollte, was dieser im Schilde führte. Für Stefan sah es da noch so aus, als ob es um sein ewiges Zuspätkommen ginge. Deshalb habe er auch ziemlich locker gewirkt, als er sich mit Block hinter dem Rohbau getroffen habe. Doch dann habe das Gespräch einen ganz anderen Verlauf genommen und Block hatte Stefan wegen der Sache mit den Umweltschützern befragt und was er gegen Janssen im Schilde führte. Und da hätte der junge Mann dann so richtig aufgedreht und Block und seinesgleichen wüst als Umweltsünder beschimpft. Und dass es sicher schon bald vorbei sein würde mit der Baustelle, wenn alles nach Plan lief.

„Dann könnte ich sehen, wo ich bleibe“, sagte Block jetzt und verbarg sein Gesicht in den Händen. Eva sah einen Mann vor sich, der um seine Existenz gebangt hatte. Und um die der Firma und der anderen Kollegen.

„Sie haben sich also gestritten“, sagte sie.

Block nickte. „Er hat mich provoziert und irgendwann, da habe ich nach einem Stein gegriffen, als er sich von mir weggedrehte. Er wollte einfach gehen. Das konnte ich doch nicht zulassen.“

Eva sagte dazu nichts.

„Ich weiß heute, dass es ein Fehler war“, gab Block zu.

„Ein Fehler, der einen jungen Mann das Leben gekostet hat“, fügte Eva hinzu.

Block liefen Tränen übers Gesicht. „Es tut mir so leid. Bitte, sagen Sie das seiner Mutter. Und auch seiner Freundin.“

Sie rechnete es ihm hoch an, dass er so viel Reue zeigte. Wahrscheinlich würde man ihn irgendwann wegen guter Führung verfrüht aus der Haft entlassen. Doch das, was er sich auf die Seele geladen hatte, dieses Gefühl, das konnte ihm keiner abnehmen.

Enno hatte die ganze Zeit nur stumm daneben gesessen. Natürlich hätte er hier und da bestimmt einen anderen Ton gegenüber Block angeschlagen. Doch vor der Art, wie Eva es gemacht hatte, da konnte er nur seinen Hut ziehen. Ja, er hatte was gelernt. Frauen gingen Dinge anders an. Das musste aber nicht unbedingt schlechter sein.

Block wurde wieder in seine Zelle gebracht. Enno ging zurück zu seinen Kollegen, um weiter anzugeben, und Eva machte sich auf den Weg zu Firma Janssen.

Als sie dort ankam, stand bereits ein Pulk von Journalisten vor dem Eingang, die viele Fragen an den Unternehmer hatten. Eva bahnte sich einen Weg durch die

Menge und gelangte unbehelligt in den Vorraum, wo sie von einer jungen Frau aufgehalten wurde.

„Ich würde gerne mit Herrn Janssen sprechen", sagte Eva.

„Bedauere", sagte diese mit energischer Stimme, „Herr Janssen ist in einer Besprechung."

„Sagen Sie ihm bitte, dass Eva Sturm von der Polizei Langeoog ihn sprechen möchte. Ich denke, das lässt sich bestimmt einrichten."

Die junge Frau telefonierte kurz, dann führte sie Eva in den ersten Stock des Gebäudes.

„Dieser Idiot hat mich ruiniert", jammerte Janssen, als Eva ihm schilderte, dass sie Block soeben verhört und er alles gestanden hatte. „Die Presse steht draußen Schlange. Ein toter Bauhelfer, der doch nur Gutes tun wollte, das ist ein gefundenes Fressen für diese Aasgeier. Ist doch klar, dass ich dann der Buhmann bin."

„Herr Janssen", sagte Eva, „keiner macht Ihnen persönlich einen Vorwurf, glauben Sie mir. Und natürlich wird man über den Umstand, dass ausgerechnet ihr Vorarbeiter einen Bauhelfer erschlagen hat, berichten. Doch indem Sie sich hier oben verschanzen, machen Sie die Sache nur noch schlimmer."

„Aha. Sie sind ja eine von der ganz schlauen Sorte", stieß er aus.

Sie nahm es ihm nicht übel. Seine Existenz konnte vom weiteren Geschehen abhängen. Wenn die potenziellen Bauherren sich nun anderen Unternehmen zuwandten, dann konnte er wirklich Insolvenz anmelden.

„Hören Sie“, fuhr Eva fort, „noch bin ich hier. Was halten Sie davon, wenn wir gemeinsam vor die Presse treten?“

„Wie bitte? Wollen Sie auch noch Ihren Gewinn daraus ziehen, dass Sie einen meiner Mitarbeiter verhaftet haben?“

Er stand wohl wirklich völlig neben sich, dachte Eva. Und so langsam reichte ihr auch sein kindisches Gejammer.

„Ich dränge mich bestimmt nicht danach“, sagte sie mit fester Stimme, „ich möchte Ihnen nur einen Gefallen tun. Wenn Sie dazu stehen, was geschehen ist und sogar die leitende Ermittlerin an ihrer Seite steht, was glauben Sie wohl, wie die Menschen das bewerten werden? Es geht doch nur darum, dass Ihr Unternehmen nicht den Bach runtergeht.“

So langsam schien Janssen zu verstehen, was sie da sagte. Sein Blick wurde klarer und seine geballten Fäuste entkrampften sich.

„Na gut“, sagte er dann, „ich werde unten Bescheid geben, dass man den Besprechungsraum für eine

Pressekonferenz herrichtet und den Leuten da draußen Bescheid gibt.“

Nach einer Stunde war schon alles vorbei. Die Pressevertreter hatten viele Fragen gestellt, von denen die meisten von Eva beantwortet worden waren. Janssen hatte nichts Unrechtes getan. Genau das würde am nächsten Tag in der Zeitung stehen. Der Fokus war von ihr geschickt auf Block gelenkt worden. Selbst die Bedrohung gegen sie mit einer Waffe kurz vor seiner Festnahme, ließ sie nicht unerwähnt. Denn er war der Schuldige hier in dieser Sache. Und niemand sonst.

„Danke“, sagte Janssen, als er ihr die Hand schüttelte, als sie aufbrechen wollte, „Sie haben mein Leben gerettet.“

„Das habe ich sehr gerne getan“, sagte Eva.

Janssen ließ es sich nicht nehmen, sie höchstpersönlich nach Tannenhausen zu fahren.

Eva ist wieder Eva

Dieses Mal hatte Robert nicht geschlafen, als er wieder einen Wagen vorfahren hörte. Er war vielmehr gerade damit beschäftigt gewesen, sich etwas zu Mittag zuzubereiten. Nun legte er den Kochlöffel beiseite und schaltete den Ofen zurück, bevor er nach draußen ging.

Wieder ein fremder Wagen. Dieses Mal ein großer Landrover. Und wieder stieg Eva aus. Sie war wirklich eine Frau, mit der man rechnen musste, dachte er und schmunzelte, als sie sich von dem großen hageren Mann, der ihr die Tür aufgehalten hatte, verabschiedete.

Als dieser wieder eingestiegen war und den Wagen wendete und davonfuhr, erst da kam Eva schließlich zu ihm.

„Wird das langsam zur Gewohnheit?“, fragte Robert mit schiefgelegtem Kopf.

„Ich fürchte ja“, seufzte Eva und fiel im in die Arme.

„Wer war das denn?“, fragte Robert, als sie sich wieder voneinander lösten.

„Ach“, sagte sie, das ist eine lange Geschichte. „Es war ein Mann, dessen Existenz ich wohl gerettet habe.“

„Geht es auch eine Nummer kleiner in deinem Leben?“, scherzte er.

„Ich fürchte nicht“, lachte sie. „Das war der Bauunternehmer Janssen aus Esens. Er lässt das Hotel auf

Langeoog bauen, wo der junge Mann ermordet worden ist."

„Das hört sich wirklich nach einer längeren Geschichte an", sagte Robert, „ich mache gerade etwas zu essen. Setz dich doch bitte noch ein wenig nach draußen in die Sonne, bis ich damit fertig bin. Dann kannst du mir alles erzählen."

Eva war so glücklich. Sie war wieder da, wo sie hingehörte. Immer wieder sah sie Robert in der Küche hantieren und ihr ging dabei das Herz auf. Wann hatte jemals ein Mann für sie gekocht? Wann hatte jemals ein Mann sie so geliebt, wie sie war?

Sie schloss die Augen für einen Moment und lauschte den Vögeln im nahe gelegenen Wald. Brauchte man wirklich mehr zum Leben?, fragte sie sich.

Und auch, dass sie einen Fall auf ihrer Insel gelöst hatte, erfüllte sie mit großer Zufriedenheit. Einem Gefühl, dass sie wieder bei sich angekommen war nach einer langen Reise.

Robert kam mit einem Tablett nach draußen, auf dem zwei Teller standen.

„Das sieht wirklich sehr lecker aus. Du weißt, wie gerne ich Pasta esse."

„Es ist, als hätte ich gewusst, dass du heute vorbeikommst", meinte Robert und stellte die Teller ab.

„Ich hole uns noch einen schönen Weißwein dazu, warte einen Moment.“

Dann aßen sie zusammen und sie erzählte ihm in der ihrer typischen Art der wenigen Worte, was sich alles zugetragen hatte auf Langeoog.

„Wenn ich dir so zuhöre“, meinte Robert, „dann gefällt es dir auch nicht, dass dort so ein riesiges Hotel gebaut wird.“

„Nein, natürlich nicht. Aber so etwas liegt weder in meiner noch in der Hand von Umweltschützern, denke ich. Da muss sich gesellschaftlich etwas verändern.“

„Große Worte und noch größere Wünsche“, sagte Robert nachdenklich. „Lass uns einfach das Leben zusammen genießen, solange wir es noch können.“

Sie sah ihn erschrocken an. Gab es wieder schlechte Nachrichten, was seine Gesundheit betraf. Er deutete ihren Blick richtig.

„Nein, nein“, sagte er, „es ist alles in Ordnung. Ich wollte damit nur sagen, dass unsere Zeit, die Welt zu verändern irgendwie vorbei ist. Mehr nicht.“

„Da hast du vermutlich recht“, stimmte sie zu. „Lass uns nur hoffen, dass nicht noch mehr unschuldige junge Menschen, die Rückgrat haben, so wie Stefan Kromminga, deswegen sterben müssen.“

Sie saßen noch lange zusammen draußen und schließlich schlief Eva auf einer Liege ein.

Robert weckte sie dann mit einem Kuss auf die Wange, weil er Kaffee gekocht hatte. Er fragte nicht, ob sie an diesem Tag noch zurückfahren wollte. Denn es sah nicht danach aus.

Erst am nächsten Morgen schnitt Eva das Thema Langeoog dann wieder an.

„Ich denke, ich werde die Fähre heute Mittag nehmen“, sagte sie beim Frühstück, „es gibt da einiges zu ordnen in der Dienststelle. Und die Vorgesetzten aus Osnabrück wissen noch gar nicht, dass ich zurück bin.“

„Sie lesen Zeitung“, sagte Robert.

„Ach herrje, das hatte ich ja ganz vergessen. Bestimmt stehe ich mit Janssen auf der Titelseite und die Pressestelle in Osnabrück verfolgt alles, was hier passiert.“

„Tja, dann wird es wirklich höchste Zeit, dass du wieder rüberfährst.“ Er lächelte sie an. „Und wenn du willst, dann komme ich mit.“

Ungläubig sah sie ihn an. Damit hatte sie nicht gerechnet, und schon gar nicht zu fragen gewagt, wo er doch lieber für sich war, wenn es ihm nicht gut ging.

„Ob ich das will? Ich wünsche mir nichts sehnlicher“, sagte sie und sah ihn selig vor Glück an.

Robert packte ein paar Sachen und sie räumte den Tisch ab.

Bevor sie losfuhren, stellte er noch genügend Futter für die Katzen, die hin und wieder bei ihm vorbeisahen, hin.

„Das wird für eine Woche reichen“, sagte er, als er den Wagen startete.

Während der Fahrt rief Eva bei Enno in Wittmund an und informierte ihn, dass sie nun zurückfahren würde. „Bitte besuch mich doch bald mal“, schloss sie, „und ich bin mir sicher, dass auch Jürgen sich sehr darüber freuen wird.“

Schon von weitem sah Robert, was sich da auf der Insel anbahnte, als sie auf der Fähre saßen. Und in dem Moment, da wünschte er sich inständig, dass es mehr Menschen wie Stefan Kromminga gab. Junge Menschen, die noch Ideale hatten und für sie kämpften. Die die Hoffnung, dass die Welt, auf der sie lebten, doch noch zu einem besseren Ort werden konnte. Sie hatten allen Respekt verdient.

ENDE

Mein Brief an Sie,
liebe Leserin und lieber Leser,

es ist bestimmt nicht meine Absicht gewesen, doch irgendwann beim Schreiben, da hat sich dieser Krimi zu einem echten Eva-Krimi entwickelt. Geplant hatte ich eigentlich, dass sie am Ende des Krimis auf die Insel zurückkehrt. Doch wie es manchmal so ist, plötzlich erschien sie beim Schreiben wie selbstverständlich auf dem Bildschirm und die Dinge nahmen ihren Lauf. Schon, als ich diesen Krimi zu schreiben begann, da dachte ich mir, ein Langeoogkrimi ohne Eva. Geht das denn überhaupt? Nun ja, Sie sehen, wie weit ich gekommen bin. Und ganz ehrlich, ich bin froh, dass Eva wieder auf der Insel ist. Da gehört sie einfach hin, so schön es auch mit ihr in Schweden war.

Ich freue mich wie immer über einen Kommentar zum Buch oder auch per Mail an mich.

Ihre Moa Graven aus dem Krimihaus

Zur Autorin

Moa Graven: »Ich habe erst mit fünfzig meine Leidenschaft für das subtile Verbrechen entdeckt.«
Die Ostfrieslandkrimis von Moa Graven leben davon, dass die Autorin, die selber in Ostfriesland geboren ist, weiß, wovon sie schreibt. Nie wollte sie selber woanders hin, denn ihre Wurzeln halten sie in der Region, wo sie umgeben von Natur und Tieren in ihrem Krimihaus immer an einem Fall ihrer diversen Krimi-Reihen arbeitet. "Ich bin auf dem schönsten Flecken der Erde geboren", sagte Moa Graven über ihre Heimat, die gerne auch von vielen Ihrer Leser besucht wird. Oft kommen sie auch zum Tee in ihr Krimihaus, wozu die erfolgreiche Autorin gerne einlädt. Die Stimmungen in ihren Krimis sind oft düster und von einem rätselhaften Mord getragen. Das gehört für eine Krimiautorin dazu.

Mehr zur Autorin hier: w w w . moa–graven . de

Die Eva Sturm Reihe auf Langeoog

Verliebt … Verlobt … Verdächtig *- Band 01*
Justitias Schwäche *- Band 02*
Bitterer Todesengel *- Band 03*
Blaues Blut *- Band 04*
Stille Angst *- Band 05 (Overcross-Special mit den drei ostfriesischen Ermittlerteams von Moa Graven)*
Schiffbruch *- Band 06*
Auf dich wartet der Tod *- Band 07*
7 Tage Regen *– Band 08*
Wenn es Abend wird, mein Schatz … *– Band 09*
Stirb leise … *– Band 10*
Der letzte Tanz *– Band 11*
Und alle haben geschwiegen *– Band 12*
Niemand wird dir vergeben *– Band 13*
Gebrochenes Herz *– Band 14*
Mord in Zimmer 11 *– Band 15*
Der Duft von Wildrosen *– Band 16*
Hochzeitstod *– Band 17*
Das dritte Kind *– Band 18*
Spuren in dunkler Nacht *– Band 19*

Eva Sturm ist bereits Ende vierzig, als sie von Braunschweig von ihrem Chef nach Langeoog versetzt wird. Sie selber fühlt sich abgeschoben und weiß nicht so recht, was sie auf so einer kleinen Insel machen soll. Sie ist ledig, war auch noch nie verheiratet, hat keine Kinder und lebt eher für sich und freundet sich nur mit Jürgen von der Touristinfo an, weil dieser nicht locker lässt. Er hat vom ersten Tag an ein Auge auf sie geworfen. Doch Eva hat noch andere Sorgen. Sie plagen die Geister der Vergangenheit. Sie wurde als ganz kleines Kind von ihrer Mutter in ein Heim gegeben und wuchs dann in Pflegefamilien und Heimen auf. Das hat sie geprägt. Deshalb findet sie nur schlecht Vertrauen zu anderen. Ihre Fälle löst sie auf ihre ganz eigene Art. Ziemlich unkonventionell und überhaupt nicht nach Polizeilehrbuch! Und auch Jürgen ist dabei immer an ihrer Seite.

Im Laufe der Krimi-Reihe erfahren Sie mehr über das Privatleben und es ändert sich einiges. Doch mehr möchte ich an dieser Stelle natürlich nicht verraten.

Die weiteren Krimi-Reihen von Moa Graven im Überblick

Die Kommissar Guntram Krimi-Reihe in Leer
Die Profiler Jan Krömer Krimi-Reihe in Aurich

Der Adler – Joachim Stein Krimi-Reihe in Friesland

Sand und Meer – Kriminalromane Ostfriesland
Das Leben von Erik

Soko Norddeich 117

Die Anwältin Paula Fenders in Ostfriesland

Ostfriesenklinik – Krimiserie in Harlesiel

Ostfriesische Inselkrimis

Meine Autobiografie

An dieser Stelle möchte ich Sie auch auf meine Autobiografie hinweisen. Vielleicht interessiert Sie ja auch der Mensch hinter den Krimis. Sie erscheint zur Leipziger Buchmesse 2020, wo ich auch vertreten sein werde.

Ich mach das jetzt einfach mal – Autobiografie
Vom stillen Mädchen zur Bestsellerautorin

Wer Moa Graven heute kennenlernt, trifft auf eine gestandene Frau und Unternehmerin, die seit 2017 vom Schreiben leben kann. Ihre Karriere als Krimiautorin begann für sie erst mit fünfzig Jahren, als sie einen Fortsetzungskrimi für ein Monatsmagazin schrieb. "Ich habe erst mit fünfzig meine Leidenschaft für das subtile Verbrechen entdeckt." Ihre Krimis, die sich deutschlandweit größter Beliebtheit erfreuen, bringt sie im eigenen Verlag heraus und vermarktet sie auch selber.

Doch es gibt auch ein Leben vor der Krimiautorin. Von kleinauf hat Moa Graven gelernt, dass sie mehr oder weniger auf sich selbst gestellt ist im Leben. Das hat sie stark gemacht, doch oft auch einsam. Die Leere, die Menschen bei ihr hinterließen, wurde durch die Liebe zu

Tieren aufgewogen. Moa Graven liebt alle Tiere, besonders aber Katzen und Hunde, die sie schon ihr Leben lang begleiten. Sie war ein stilles Kind, aber nicht dumm. Was sie nicht sagen konnte oder wollte, das schrieb sie auf. Damit begann sie schon als kleines Kind. Es war ihre zweite Leidenschaft neben dem Lesen. Sie liebte Märchenbücher ... und wie ein Märchen liest sich auch das, was ihr mit fünfzig dann passierte, als sie ihren Kommissar Guntram, den brummigen Ermittler, in Leer erfand.

"Dieses Buch soll Frauen Mut machen", sagt Moa Graven. Wenn man etwas wirklich erreichen wolle, dann könne man es auch schaffen. "Dazu gehört auch die Lust, hin und wieder mal gegen den Strom zu schwimmen."

Lesen Sie mehr zu dieser Ausnahme- und Powerfrau, die immer, wenn ihr Leben an Grenzen stieß, mutig sagte: "Ich mach das jetzt einfach mal."

Auszug aus der Biografie

Das Lesen - Meine Leidenschaft

Kindern schenkt man gerne Märchenbücher. In meinem Fall war es wohl der Beginn meiner größten Leidenschaft. Nämlich dem Lesen und Eintauchen in andere Welten. Mein erstes Märchenbuch, das habe ich immer noch in meinem Regal. Als Kind habe ich es rauf und runtergelesen, immer wieder. Tage- und nächtelang. Es lag wohl auch daran, dass ich die meiste Zeit, jedenfalls im Winter oder bei ostfriesischem Wetter, gerne in meinem Zimmer verbracht habe. Damals, da gab es ja noch kein Dauerfernsehen oder Smartphones. Und ja, darüber bin ich wirklich sehr froh.

Also, mein Märchenbuch, das gibt es noch. Es ist sehr zerfleddert, der Rücken hängt nur noch am seidenen Faden zusammen. Und immer, wenn ich es nun in die Hand nehme, dann weiß ich wieder, wie es damals war. Sie denken jetzt sicher beim Lesen, dass ich eine schöne Kindheit erlebt habe. Aber so war es nicht. Doch darauf gehe ich in anderen Kapiteln detaillierter ein.

Neben dem Lesen, das ich natürlich erst in der Schule lernte, begann dann die nächste Leidenschaft, sich Bahn zu brechen. Ich liebte das Schreiben. Erst, so kam es mir vor, wenn ein Wort wirklich auf dem Papier stand, dann war es auch wahr. Wenn andere Schüler stöhnten, wenn sie immer wieder die Buchstaben seitenweise in ihr Heft zu schreiben hatten, so war es für mich ein Fest. Zunächst mit dem Bleistift, später in Tinte. Ja, manchmal hatte ich den Eindruck, damit zu malen. Ach, und dann die bunten Wachsmalstifte. Wie habe ich diesen Geruch geliebt. Und geliebt habe ich auch die Schule insgesamt. Morgens aufstehen, sich fertig machen, den Ranzen auf den Rücken geschnallt ging es zu Fuß los in die Dorfschule in Großoldendorf. Das Lehrerehepaar, das dort mehrere Jahrgänge gleichzeitig unterrichtete, hat mein Leben maßgeblich geprägt. Sie haben es wirklich verstanden, einem das Gefühl zu geben, etwas Besonderes zu erleben, wenn man lernt. In der Klasse mit den Erstklässlern, die alleine unterrichtet wurden, gab es einen alten Ofen, der im Winter bollerte. Wir waren nur wenige Schüler. Jeder kannte jeden. Und irgendwie mochte auch jeder jeden. Natürlich, den einen oder anderen, den mochte man mehr. Aber wenn man keine große Auswahl hat, dann rauft man sich zusammen.

Zur Pause wurde auf die Uhr gesehen, und nachdem wir draußen auf dem Schulhof ausgiebig getobt, gelacht, unser Brot gegessen und die Milch oder den Saft getrunken hatten, wurde in die Hände geklatscht, damit es weiterging. Der Lehrer bestand darauf, dass wir uns in zwei

Reihen aufstellten, bevor wir wieder in die Klassenzimmer gehen durften. Niemand hätte es gewagt, hier aus der Reihe zu tanzen. So war das damals. Als Kind hörte man noch auf das, was Erwachsene sagten. Und tat dann, was sie sich wünschten oder, wenn es sein musste, auch verlangten. Nachdruck verschaffte sich der Lehrer bei renitenten Schülern, die es natürlich auch damals schon gab, mit dem berühmten Rohrstock. Ich selber bin nie damit in Berührung gekommen. Ich war ein stilles Mädchen. Fast schon unsichtbar. Ich habe immer artig gelernt, mich hin und wieder zu Wort gemeldet und meine Hausaufgaben mit viel Liebe gemacht. Wie gesagt, es war ein Fest für mich, zur Schule zu gehen.

Vielleicht wundert es sie nicht, dass ich in den Jahren in der Dorfschule immer die beste Schülerin im Deutschunterricht war. Wo ich doch das Lesen so liebte. Und nein, leider weiß es nicht mehr genau zu erinnern, aber ich denke, ich habe mich auch schon vor der Schule mit den Buchstaben auseinandergesetzt. Ich wollte hinter das Geheimnis kommen, was sie erzählten. Und als ich dann endlich lesen konnte, da wurde ich reichlich beschenkt. Für Kinder wie mich gab es in der Dorfschule übrigens ein Belohnungssystem. Da war so ein Schrank, in dem Spiele lagen, Bücher oder Malstifte. Es waren wohl gesponserte Geschenkte von Banken oder so. Auf jeden

Fall durfte jeder, der eine Eins geschrieben hatte, sich etwas aus dem Schrank aussuchen. Sie ahnen es schon, ich hab den Schrank ganz schön geplündert. Und mein Lehrer, das weiß ich noch wie heute, der hat einmal gesagt, bevor wir in die weitere Schule wechseln sollten, dass das Mädchen mit der blauen Strickjacke, also ich, dass dieses Mädchen einmal etwas Besonderes werden würde. Vielleicht sogar Rektorin an einer Schule oder Ähnliches. Nun, Lehrerin zu werden, war nie mein Wunsch gewesen. Das liegt unter anderem daran, dass ich irgendwann differenzieren konnte zwischen den Schülern, die nett waren und denen, die man einfach nicht ausstehen konnte. Und solchen Kindern wollte ich nicht verzweifelt versuchen, etwas beizubringen. Warum ich einige Schüler so schrecklich fand? Nun, zum einen waren sie gemein zu anderen. Zogen Mädchen an den Haaren, schubsten schwächere Schüler in den Sand. Oder, was für mich das Schlimmste überhaupt war, sie quälten wehrlose Tiere. Kranke Vögel oder Katzenbabys wurden von ihnen gegen die Wand oder an den Baum geschmissen, bis sie qualvoll starben. Und ich stand fassungslos mit Tränen in den Augen daneben und konnte nichts dagegen tun. Damals, da hatte ich noch Angst.

Diese Angst beruhte aus der Art, wie ich im Elternhaus aufgezogen wurde. Ich musste still, ja am besten unsichtbar, sein. Geredet wurde nicht viel bei Tisch. Mein zwei Jahre jüngerer Bruder und ich, wir lebten in ständiger Angst. Und das war nicht unbegründet, denn wir wurden oft geschlagen. Eigentlich hatten wir nie etwas getan. Für diesen Zorn, da gab es wohl andere Gründe, die gar nichts mit uns Kindern zu tun hatten.

Aber zurück zu meiner Liebe für das Lernen, das Lesen, die Schule. Sie setzte sich fort, auch, als es ab der vierten Klasse hieß, dass wir von Großoldendorf nach Remels wechseln mussten. Remels war schon eine Nummer größer. Während es bei der Dorfschule eben nur den Sandplatz vor der Schule gab, waren es in Remels gleich mehrere geteerte Pausenhöfe. Die Schule roch auch ganz anders. Es gab keine Öfen mehr. Dafür moderne Fußböden und Schulbänke. Und natürlich viel mehr Schüler. Manchmal pendelte man in den Pausen von einem Unterrichtsraum zum nächsten. Die gewohnte Monotonie, die mir nicht unlieb war, sie war dahin. Die große Pause verbrachte man in der sogenannten Aula, wo es Schulmilch gab. Ich mochte Vanille am liebsten. Auch hier standen die Schüler Schlange. Und auch, wenn alles etwas größer war, ich fühlte mich doch irgendwann wohl. Wir wurden mit dem Bus zur Schule gefahren. Im Sommer legten wir die drei Kilometer lange Strecke auch gerne mit dem Fahrrad zurück.

Zu den Fächern Deutsch und Rechnen kamen jetzt Biologie, Erdkunde und weitere hinzu. Mein Wissensdurst, der nach wie vor ungebrochen war, wurde immer weitgreifender gestillt. Am liebsten mochte ich immer noch den Deutschunterricht. Und die große Bücherei in Remels. Es dauerte nicht lange, und ich war dort regelmäßiger Gast, um zwischen den Regalen zu stöbern. Meine Leselust sie wuchs und wuchs. Ich bewunderte Menschen, die ich nicht kannte, die aber in der Lage waren, über dreihundert Seiten dicke Bücher zu schreiben. Es faszinierte mich, wie gut sie erzählen konnten. Ich liebte Geschichten über alles. Das Leben der anderen, ich las mich dort hinein und war bei ihnen. Litt mit und lachte. Ja, es war damals schon so, dass ich das Gefühl hatte, die Menschen in den Büchern vor meinem inneren Auge zu sehen. Es spielte keine Rolle, ob sie nur erfunden waren, für mich war das, was sie sagten, erlebten und dachten real. Was spielte es da für eine Rolle, dass es nur Fiktion war? Es hätte doch genauso gewesen sein können, wie es sich der Autor des Buches vorgestellt hatte.

Ich erwähnte ja schon, dass ich die Deutschstunden liebte. Und es war mir wohl gegeben, selber eine gute Erzählerin in mir zu erwecken. In der sechsten Klasse, da schrieb ich einen Aufsatz zu dem Thema »Wer nicht hören will, muss fühlen«. Der erschien meinem Deutschlehrer so gelungen, dass er mich bat, ihn doch bei der nächsten Elternversammlung in der großen Aula vorzulesen. Und das mir, dem stillen Mädchen, das Zuhause den Mund verboten bekam. Ich sollte vor einer großen Menge Menschen etwas vorlesen, das ich auch noch selber geschrieben hatte. Sicher, ich fühlte mich geschmeichelt. Welches Mädchen wird nicht gerne vom Lehrer gelobt. Aber das? Natürlich stimmte ich zu. Ich hatte nicht gelernt, zu widersprechen.

Der besagte Abend rückte immer näher, ich las meinen Aufsatz immer wieder, um mich ja beim Vorlesen nicht zu verhaspeln. Schon, als mich dann mein Lehrer, der bereits oben auf der Bühne stand, beim Namen nannte und mich bat, heraufzukommen, zitterten mir die Knie. Doch irgendwie überwand ich meine Angst, ging nach oben, setzte mich an den einzelnen Tisch, der auf der Bühne stand. Es wurde still in der Aula. Und ich las vor. Nein, ich rappelte meinen nur zwei Seiten langen Aufsatz mehr oder weniger herunter, während mir mein Herz bis zum Hals klopfte. Dann war es geschafft, Applaus brandete auf. Heute weiß ich, dass sie klatschten, weil ich ein Kind war, das so mutig dort oben gelesen hatte. Und ja, wenn ich heute an die Zeit zurückdenke, dann wage ich zu behaupten, dass es meine erste öffentliche Lesung gewesen ist. Dieses natürlich mit einem Augenzwinkern bedacht, denn damals hätte ich nicht im Traum daran gedacht, dass ich selber einmal eine Autorin sein würde.

Es war einmal ... so fingen viele Geschichten in meinem Märchenbuch an. Es würde nach diesem Auftritt an besagtem Elternabend noch fast vierzig Jahre dauern, bis ich mit fünfzig die ersten Schritte zu meiner Karriere als Krimiautorin machen sollte.

Der Beruf

Ab der achten Klasse muss man sich ja Gedanken über den Rest des Lebens machen. Also, was will man machen, bis man in Rente geht. Es ist wichtig, eine Ausbildung zu machen, erfahre ich, als die Berufsberatung auch in meine Klasse kommt. Selbst für Mädchen. Allerdings herrscht Mitte der siebziger Jahre bei den Männern, die auch mich beraten, die Meinung vor, dass man sowieso heiraten wird. Also sollte man das, was man sich da überlegt, nicht übertreiben. Es reicht eine einfache Ausbildung, bitteschön. Wäre ich damals ein Junge gewesen, wären solche Gespräche anders verlaufen. Für mich blieb allerdings nach einem kurzen Blick auf meine Zeugnisse das Büro übrig. Irgendwo Tippse spielen. Es interessierte niemanden, dass ich gerne schrieb und mir hätte vorstellen können, als Journalistin zu arbeiten. Denn auch das

Fotografieren machte mir schon immer Spaß. Meine erste Kamera gewann ich mit vielleicht sieben Jahren auf dem Schützenfest in Remels, ein Plastikteil, mit dem ich die ersten Bilder schoss. Oder was mich auch schon immer fasziniert hat, war die Polizeiarbeit. Nicht die Streife. Nein, ich wäre für mein Leben gerne zur Kriminalpolizei gegangen. Doch ich war zu unsportlich. Eine Klassenkameradin von mir war übrigens die Tochter eines Dorfpolizisten. Sie hat das gemacht, was ich liebend gerne getan hätte. Sie erzählte mir später, als wir uns zufällig in Remels in einem Geschäft trafen, dass es am schlimmsten wäre, wenn es um Kinder ginge. Auch das brannte bei sich bei mir ein. Die Vorstellung, auf ein totes Kind zu treffen, war einfach unvorstellbar. Und dabei hatte ich mit elf oder zwölf Jahren ein totes Kind gesehen. Das vergesse ich hin und wieder im Alltag, weil es mit zu den Erlebnissen gehört, die ich am liebsten löschen würde. Es war Ostersonntag. Die Eier waren gefärbt und sollten jetzt gekullert werden. Eigentlich hätten mein Bruder und ich einfach in den Wald laufen können, neben dem wir aufwuchsen, um das zu tun. Doch mein Vater wollte mit uns woanders hinfahren. Warum auch immer. Jedenfalls stiegen wir in den Wagen und bei einer vielleicht drei Kilometer entfernten Straße auf der anderen Seite des Waldes, wo nur ein paar Häuser standen, da lief plötzlich ein kleiner Junge hinter einer Hecke hervor und direkt vor unser Auto. Er war glaube ich sofort tot. Wenn ich daran zurückdenke, dann stelle ich mir immer vor, was er heute wohl machen würde. Nein, solche Erlebnisse, die lassen einen niemals wieder los. Und ich konnte doch gar nichts dafür.

Ich gehörte also ins Büro. Der Landkreis war bereit, mich zur Bürogehilfin auszubilden. Das Diktat, was zur Aufnahmeprüfung gehörte, fiel wohl gut aus, ich wurde als eine von sechs Auszubildenden unter glaube ich zweihundert Bewerberinnen ausgewählt. Es war nicht so, dass ich nun vor lauter Gram gestorben wäre. Nein, es ging ja immer noch um Papier. Warum sollte so eine Ausbildung schlecht sein. Ich würde an der Schreibmaschine schreiben. Das hatte ich ja schon in der Realschule gelernt. Und Stenografie. Beides lag mir. Ich beherrschte es routiniert und fehlerfrei. Außerdem hatte ich Spaß am Büro, das hatte ich schon als Kind immer gerne gespielt und Papiere sortiert und Stempel gesammelt.

Ernüchterung machte sich dann schnell breit. Die Ausbildung bestand in erster Linie darin, Texte nach Phonodiktat abzuschreiben. Oder Sortier- und Vernichtungsarbeiten zu erledigen. Behördenkram eben. Schon schnell fühlte ich mich dort fehl am Platze. Ich hatte einfach zu viel Fantasie und Lust am eigenen Gestalten. Als kleines Rädchen, das ich war, gab es für mich keine Entfaltungsmöglichkeiten. Trotzdem gingen die zwei Jahre, wo ich sehr nette Kollegen hatte, schnell rum und ich kündigte, um die Fachoberschule Wirtschaft zu besuchen. Genauso gut hätte ich den bequemeren Weg wählen können, denn eine Anstellung nach Ausbildungsende auf Lebenszeit schwebte im Raum. Schon damals hab ich wohl gedacht, dass das nicht alles im Leben sein konnte.

In der Fachoberschule war ich dann fast die jüngste in der Klasse. Und ja, ich war happy, konnte ich doch endlich wieder zur Schule gehen. Ich lernte eine Menge über wirtschaftliche Zusammenhänge, noch mehr zur Mathematik und meine Deutschlehrerin war eine faszinierende ältere Dame, die immer mit Stock ging. Sie schaffte es erneut, mich für Bücher zu begeistern. Noch weiter einzutauchen in die Faszination des geschriebenen Wortes. Was ich absolut nicht mochte, war Buchführung. Gehörte aber irgendwie auch dazu. Zu dieser Zeit war ich achtzehn und ich weiß nicht, welcher Teufel mich geritten hatte. Aber ich glaube, Buchführung in der Kombination mit Chemie haben mich wohl kirre gemacht. Auf jeden Fall war ich kurz vor dem Abschluss soweit zu sagen, nein, Wirtschaft ist dann doch wohl nichts für mich. Plötzlich langweilte mich die Erzählung darüber, dass wir alles andere als im Überfluss lebten, so, wie mein Wirtschaftslehrer es darstellte. In dieser Zeit, da war ich der Meinung, dass es von allem zu viel gab. Es wurden so viele Lebensmittel weggeschmissen und auf anderen Kontinenten verhungerten die Menschen. Da wollte ich nicht zu denen gehören, die unbedingt einen Joghurt aus Bayern in den Norden transportiert wissen wollten für einen besonderen Geschmack. Ich lief rum wie eine Ökotante mit selbstgestrickten bunten Pullovern, langen Wollröcken und ging oft gesenkten Hauptes alleine durch die Straßen. Ich hatte über so vieles nachzudenken. Vieles erschien mir sinnlos. Ich trieb mich in der Friedensbewegung herum und hatte interessante Freundschaften. Ausgewählte Menschen, aber nichts von echter Dauer.

Nach einem kurzen Ausflug in die fixe Idee, etwas Handwerkliches, also Bodenständiges zu erlernen, wo ich mich in einem Betrieb für Industriemechanik vorstellte, kehrte ich dann doch wieder auf den rechten Pfad zurück und schloss die Fachoberschule Wirtschaft ab. Ich hatte mir überlegt, mit dem Abschluss etwas Soziales zu machen. Erzieherin oder Sozialpädagogin. Ich wollte gerne Menschen helfen. Die Wirtschaft reizte mich nicht mehr. Dafür musste ich allerdings ein Praktikum im sozialen

Bereich absolvieren, bevor ich an die Fachhochschule wechseln konnte.

Ich entschloss mich für den Kindergarten in Remels. Schon damals interessierte ich mich eher für die Kinder, die still waren. Die lauten frechen Kinder, ganz ehrlich, sie gingen mir auf die Nerven. Ich wollte zum Beispiel wissen, was ein Mädchen, das sich immer in der hintersten Ecke verkroch, für ein Problem hatte. Ich beschäftigte mich ja immer noch leidenschaftlich mit dem Thema Psychologie. Vielleicht hätte ich ihr ja helfen können.

Als ich jedoch erkannte, dass die Arbeit im Kindergarten nichts für mich ist, zog ich nach einem Vierteljahr die Reißleine. Auch den schrecklichen Geruch dort aus dem Waschraum, wenn sich alle die Zähne putzten, ich werde ihn nie vergessen. Und kurz darauf erfuhr ich, dass ich schwanger war.

Ende der Leseprobe. Die Autobiografie „Ich mach das jetzt einfach mal – Vom stillen Mädchen zur Bestsellerautorin“ erhalten Sie als eBook und Taschenbuch.

Vielen Dank für Ihr Interesse an meinen Krimis!

Besuchen Sie mich auch gerne in meinem Krimi-Haus Ostfriesland in Rhauderfehn, wo Sie die Taschenbücher auch erwerben können. Ich freue mich auf Sie!

w w w. moa-graven .de

Printed in Poland
by Amazon Fulfillment
Poland Sp. z o.o., Wrocław

72430737R00117